中华
ZHONGHUA HUN
魂

百部爱国故事丛书

热爱自然的大地之子

——著名植物学家蔡希陶

雷方舟　隋加平　编著

吉林人民出版社

图书在版编目（CIP）数据

热爱自然的大地之子：著名植物学家蔡希陶 / 雷方
舟，隋加平编著 . -- 长春：吉林人民出版社，2011.3（2021.8 重印）
（中华魂·百部爱国故事丛书）
ISBN 978-7-206-07557-5

Ⅰ . ①热… Ⅱ . ①雷… ②隋… Ⅲ . ①故事－中国－
当代 Ⅳ . ① I247.8

中国版本图书馆 CIP 数据核字 (2011) 第 032607 号

热爱自然的大地之子
——著名植物学家蔡希陶

REAI ZIRAN DE DADI ZHIZI
　　　——ZHUMING ZHIWUXUEJIA CAIXITAO

编　　著：雷方舟　隋加平
责任编辑：郭雪飞　　　　　封面设计：孙浩瀚
制　　作：吉林人民出版社图文设计印务中心
吉林人民出版社出版 发行（长春市人民大街7548号　邮政编码：130022）
印　刷：北京一鑫印务有限责任公司
开　本：787mm×1092mm　　1/16
印　张：8　　　　字　数：64千字
标准书号：ISBN 978-7-206-07557-5
版　次：2011年3月第1版　　印　次：2021年8月第2次印刷
定　价：35.00 元

总　序

　　《中华魂》是一套故事丛书。它汇集了我国自鸦片战争以来一百八十余年间的近百位民族英雄、仁人志士、革命领袖、先进模范人物的生动感人事迹，表现了他们作为中华儿女的伟大的爱国主义精神。

　　爱国主义是人们对于"生于斯、长于斯、衣食于斯"的祖国的一种神圣感情，是人们对于自己民族的一种强烈的责任感和使命感，是感召和激励整个中华民族的一面永不褪色的旗帜。在一百多年的中国近现代史上，爱国主义一直激励着中华儿女为祖国的独立、统一、进步和繁荣而英勇奋斗。从"苟利国家生死以，岂因祸福避趋之"的林则徐，到"我自横刀向天笑，去留肝胆两昆仑"的谭嗣同；从"铁肩担道义，妙手著文章"的李大钊，到"青春换得江山壮，碧血染将天地红"的赵一曼；从"县委书记的好榜样"的焦裕禄，到"问鼎长天，扬我国威"的邓稼先……都表现出了强烈的爱国主义精神。正是由于热爱祖国的人们前仆后继地奋斗，国家和民族才得以生存，才能够在一次次历史危急关头转危为安，走向兴盛和富强，从而屹立于世界民族之林。爱国主义是鼓舞中华儿女历经忧患、跨越沧桑、百折不挠、自强不息的伟大力量，它贯穿于中华民族的整个历史，并有力地凝聚着五洲四海的中国人。

爱国主义是一个历史的范畴，在社会发展的不同阶段、不同时期有不同的具体内容。革命时期，需要我们为祖国的独立自主出生入死；建设时期，需要我们为祖国的繁荣富强增砖添瓦。在全国各族人民团结一心，开启全面建设社会主义现代化国家新征程的今天，我们要争做一名新时期的爱国者。新时期的爱国者要有强烈的民族自尊心、自豪感。民族自尊心、自豪感是任何时期、任何爱国者都必须具备的情感。民族自尊心能增强我们自立向上的恒心，民族自豪感能树立我们建设祖国的信心。要树立"祖国高于一切"的崇高信念，为了祖国和人民的利益不惜抛却个人的利益，甚至不惜牺牲个人的生命。我们要树立终身学习的理念，拓宽自己的知识面，广泛吸收新知识、新技术，完善自身的知识结构，更新学习知识的方法与理念，从思想上、知识上充分武装自己，为祖国的繁荣昌盛贡献力量。

003

爱国主义思想的继承和发扬，是关系到民族盛衰、国家兴亡的根本问题。爱国主义思想情操的形成，需要不断地培养。培养爱国主义精神的一个重要途径是向英雄人物和典范事迹学习和致敬。这套丛书的出版，对于青少年向英雄和先进人物学习，特别是对于在中小学生中进行爱国主义教育是不可多得的生动的教材。祝愿此书出版发行成功，为培养时代新人做出贡献。

胡维革

中华魂

百部爱国故事丛书

为什么我的眼里常含泪水，因为我对这片土地爱得深沉。

　　　　　　　　　　　　——蔡希陶

目　录

中华**魂** 百部爱国故事丛书
ZHONGHUA HUN

绿世界的历史实在是太悠久了，它已走过了廿多亿年的漫长岁月，包容了太多的内涵，这份博大与深邃早以激起人们探索的豪情。绿世界又是极神奇、极美丽的，或柔美平和，或苍翠妩媚，无一不牵动着人们的心，特别是总要引发文人骚客们的满腹诗情。于是，古往今来，许多人去探寻绿的奥秘。然而，路漫漫其修远兮，迫使一批又一批的探绿者不得不望而止步，他，蔡希陶，却勇敢无畏地踏上了这条前人未走过的探险之路，把自己的命运与这迷人的绿色紧紧地连结在了一起，真可谓，五十年风雨，五十年坎坷，五十年奋斗，五十年开拓。于是，难以数计的于人类生产、生活有用的植物被发现了，许许多多的外国的植物新种被引了进来……。中国的植物资源学史上，将永远隽刻着蔡希陶这个闪光的名字，也将永远记载着这位非凡的科学家的艰辛……

热爱自然的大地之子
——著名植物学家蔡希陶

孤身探云南

公元20世纪30年代。

他端坐在书桌前，捧着书，全神贯注地读着，读着，时而停下来，似乎在思考着什么，随后，又认真地读了起来，手里的这本书已完全把他迷住了。

书的名字是《一个带着标本箱、照相机和火炬在中国西部旅行的自然科学家》。这本书描述了在20世纪初一个叫威尔逊的美国人在我国西部地区旅行，采集植物标本的一段经历。威尔逊，这个来自遥远国度的科学探险家，已经深深眷恋上了中国西部这块神奇而美丽的土地。那漫山遍野红的、白的、蓝的、紫的杜鹃花，那万般姿态于漫漫花海之中扑翅飞翔的蝴蝶，还有那蓊蓊郁郁的丛林，无一不使他留连忘返。这位美国人不由得连声赞叹，中国的植物最丰富，中国的花卉最美丽！然而，这位美国作者又有更深的感慨，他极遗憾自己没能去云南游历一番，为什么呢？云南原来是一个更美丽的去处，在那里，人们可以看到热带、亚热带、温带等多种植物类型，什么干果榄仁、福建柏、八宝树、云南石梓、马蹄荷木、山桂花、三七、云茯苓之类的树种或药材遍地皆是，还有那随处可见的山茶花、报春花、龙胆花、百合花、木兰花，的确是美不胜收。

他，一时有些痴迷了。蔡希陶，这位北平静生生物调查所的学生，此时，他的心已被书中描绘的所吸引，他为自己的祖国拥有如此丰富的植物资源感到骄

傲和自豪，嘴角也不由得露出一丝笑意。

猛地，他呆住了，揉了揉眼睛，继续读下去。书中记载，有一个叫傅礼士的美国采集家，竟然用极低的价钱，雇用还处在愚昧状态的中国人，从云南的少数地区采走了三万一千多号植物标本。中国的植物资源就这样白白地流入外国人之手，可中国人又有谁来关心采集和研究自己蕴藏的丰富的宝库呢？这是为什么？

蔡希陶的心在震颤着！他手里捧着书，敲开了他的老师胡先骕先生的房门。

胡先骕先生看到学生这副痴呆的样子，心里一下子就明白了是怎么一回事。这是一位治学严谨的植物学教授，也是一位爱国的科学家。他和许多先辈学者一样，面对内忧外患纷至沓来的中国，抱着科学救国的宏愿。1925年在美国哈佛大学攻读植物分类学博士期间，就提出了"发展科学、振兴祖国"的口号。回国任教后，他不但自己朝这一方面努力，而且也严格要求学生刻苦学习，努力提高自己，以报效祖国。

蔡希陶是胡先骕先生的得意门生，天资聪颖，勤奋好学，又满怀爱国激情。胡先生对蔡希陶实在太了解了，因此，一看到他那愤慨而又激动的神态，就知道他已为书中的内容所感染。

他先示意蔡希陶坐下，随后才缓缓地说："中国是丰富的植物王国，名副其实，名副其实！而中国植物宝库中，又数云南省最为丰富，只可惜那里地处边疆，路途遥远，交通闭塞，难以涉足。"

"老师，大凉山能去吗？"蔡希陶恳切地问着。

"难！"胡先生叹了口气说："那里险山峻岭，极难攀登，而且那里还是奴隶制社会，奴隶主常常下山抓人去做奴隶，汉人很少敢进去！"

"老师，我想去！我敢去！"蔡希陶果断地说。

——著名植物学家蔡希陶

热爱自然的大地之子

"可是，你太年轻了，那么多的困难，你怎能吃得消？"

"我不怕！外国人研究我国的植物资源都不怕艰难，作为一个中国人，我更要去采集和研究我国的丰富的植物资源，老师，您说，是吗？"

望着他那坚定的目光，老师还能说什么呢？

蔡希陶开始打点行装，准备出发。他就要去闯云南了，有些激动，也有几分难过。前几天，他在报上登了一则招聘广告，盼望有更多的有志青年同他一道探究绿世界的奥秘。嗬，应试的人还真不少，足足有二三百人。可是一听是去云南，几乎个个脸都变了色。云南，乃是"瘴疠之区"啊，到那里去简直就是送脑袋！还好，总算留下来三个勇敢分子。不料，还未走

出北平城，这三位老兄也打了退堂鼓，溜掉了。

蜀道难，难于上青天！可是，蔡希陶却一往直前地奔去了，这绝不是他一时冲动，头脑发热，只是为了实现自己的美好理想——研究祖国丰富的植物资源，以求科学救国。在中国的20世纪30年代，正处于国民党统治时期，科学救国显然是不能实现的。但蔡希陶的爱国激情及不畏艰险的科学探索精神，仍是极为难能可贵的。

这一天，蔡希陶来到了凉山的边缘地区——天鸡关。他已经徒步走过了许多地方，从宜宾沿金沙江，走进云南省，又经盐津、昭通，才来到了这里。就要到黑彝族居住的地区了，说真的，他也不免有些紧张，同伙更是害怕极了。这位同伴叫邱炳云，是一位年轻的穷苦农民，在宜宾码头与蔡希陶结识的。起初，他只是受雇于蔡希陶，做一名挑东西的脚夫，但很快，

热爱自然的大地之子
——著名植物学家蔡希陶

他就喜欢上了这位文质彬彬却勇敢无畏的书生，他们就这样一路相携，终于抵达了这里。

"不行，不能再走了。再走，要送命的。"邱炳云说。

"可是，我们是来探寻植物资源的啊！大凉山有那么多植物资源在等着我们呢！这件事只有去冒险了，成功和失败，一半对一半。邱炳云，你说，是不是这么回事？"蔡希陶无畏地说。他已经铁了心，就是冒着生命危险，也得闯这个大凉山。

"好，我跟你去！"年轻的邱炳云愈加敬佩这位白面书生了。

两人商议了半天，想好了办法。第二天，他们大大方方地走入了黑彝人居住的地区，摆出一副毫不恐慌的样子。

黑彝头人惊异了，他从没未见过这么勇敢的人。以往，大凡误入大凉山的人，都是又是躲又是逃的，可这两个年轻的小伙子为什么面无惧色呢？尤其那个书生模样的人，那副悠然自得的样子实在使人敬佩不已。

黑彝头人不免被蔡希陶那无所畏惧的英姿所慑服，但还是喝住了他，让这个汉人止步。

蔡希陶的心也是忐忑不安的，他控制着，努力做到面无惧色，仔细地向这位头人讲明了来意。

黑彝头人心中又生出一丝敬佩，竟意外地答应了蔡希陶的要求。

"好！兄弟，我准许你进山采集植物标本，不过按照这里风俗，你要和我喝血酒盟誓，如何？"黑彝头人又豪爽地提出了要求，也分明含一些挑战的意味。

"行！我们来喝血酒盟誓！"蔡希陶决然地回答，也不由得松了一口气。

这艰险的一关总算闯过去了，蔡希陶获得了黑彝头人的恩准，可以在他管辖的地区，随便地活动。

然而，三十年代的大凉山，的确是一块蛮荒之地啊！除了偶而有一条半条当地人踏过的小径，多是人类从未踏过的地方。到处是莽莽苍苍的大山，到处是密不透风的原始森林，几乎每走几步，都需要行者自

009

热爱自然的大地之子

——著名植物学家蔡希陶

己披荆斩棘，方能杀出一条血路来。即便是有路的地方，也极难行走！那是怎样的路啊！又窄又滑，在山间林中蜿蜒穿过，一不小心，就会掉下悬崖，随时都有从山坡上滚下去的危险。再加上虎叫熊嗥，豹突狼奔，这种艰险的确是常人难以忍受的。

可是，蔡希陶却忍受了，心甘情愿地忍受了。他和邱炳云一道，行走在那陡峭的高山上，行走在湍急的河流中，穿行在那茂密的原始森林中，精心地采集着各种珍贵的植物标本。一天下来，又累又饿，可他仍支撑着整理好白天采到的标本，认真做好记录。标本整理完毕，他才能安心地休息。可这是怎样的一个居所啊，这又是怎样的床啊！或在山洞里，或在马鞍下，或在露天地上，随时要防备着野兽的侵袭，要顶住马蜂、蚂蝗、黄蚂蚁和大马虻子这"马家四兄弟"的不断侵扰。饿了，就吃些干粮。有时，随身带的干粮吃完了，便只有采野菜充饥。蔡希陶虽然对林中的植物、山中的野菜极为熟悉，可仍难免有误食中毒的危险。一次，他误食了有毒的蘑菇，又吐又泻的，差一点送了命。

从1932年到1937年，历经五载，蔡希陶风餐露宿，忍饥耐劳，历尽千难万险，几乎走遍了整个云南。北自巧家、会泽，南至勐海（今日的西双版纳），东自文山、屏边，西达保山、腾冲和云南西北的丽江雪山和横断山脉，共采集植物标本12 000余号，初步揭开了这个植物王国的奥秘。

蔡希陶生平

蔡希陶(1911年-1981年)出生于浙江东阳，上海华东大学毕业。蔡希陶在西双版纳的葫芦岛筹建了中国第一个热带植物园——中国科学院云南热带植物研究所，创建了中国第一个热带植物研究基地。1981年3月9日，蔡希陶因患脑溢血，不幸在昆明逝世，享年70岁。

他曾担任过中国植物学会、云南省科学技术委员会、中国科学院昆明分院、昆明植物研究所、云南热带植物研究所等单位的领导职务，也曾任全国政协委员和云南省人大常委委员。

1930年，考入北平静生生物调查所，他虚心向植物学界老前辈胡先骕先生学习，很快掌握了英语、德文、拉丁文等外文工具以及植物分类等专业知识，为他后来打开云南植物王国宝库奠定了坚实基础，从此开始了他那漫长的绿海生涯，五十年如一日，扎根边疆，不畏艰险，献身科学事业，在云南大地上写下了光辉的篇章。

　　他的论文不是写在纸上，而是写在祖国大地上，如闻名国内的云南烤烟，争春斗艳的茶花，解放初其急需的天然橡胶，用于石油开采的重要原料瓜胶豆，国产血竭，抗癌药用植物美登木等等。他不是学究型的人才，他所从事的科学事业总是和祖国、和人民的命运息息相关。

——著名植物学家蔡希陶

热爱自然的大地之子

西双版纳热带植物园之父——蔡希陶

蔡希陶早年写过一篇叫《蒲公英》的短篇小说，是写植物界的演化的。当时他20来岁，热爱大自然，憧憬未来。他喜欢文学，用明丽的文字梦想着激情的文学生涯。不过，他家很穷，高中也读不起，写文章是无法谋生的。得找一个生计，于是，他就在北平静生生物调查所当了一名练习员。

一次，蔡希陶读了一个美国人威尔逊写的书，书名叫《一个带着标本箱、照相机和火枪在中国旅行的自然科学家》。这个人，在20世纪初在中国湖北、四川、贵州旅行，共计11个年头，收集65000号植物标本，大约五千多种……蔡希陶想，世界植物中就中国最丰富。中国植物中，又是云南最丰富，我们中国人反而视云南为畏途，不敢去取宝，我们应当到云南去。

1932年，静生生物调查团的蔡希陶只身一人，从四川宜宾出发，沿金沙江，徒步走进云南省。他在大凉山的鸡街和黑彝奴隶主杀了一头牛，大家喝了一碗牛血，结了盟，这样，蔡希陶进大凉山才没有被奴隶主抓起来当奴隶娃子。

在大凉山，他采集了大量的植物标本。而后，他又受命南下，从高寒山区下到亚热带、热带的中越边境屏边，那是瘴疠之地。蔡希陶曾走进一座傣族村寨。整个村寨的人都倒在竹楼上，发高烧昏迷不醒。他带有奎宁丸，给病人一个个喂了药，2小时后，全村人都苏醒了过来。

野外调查，一共三年。蔡希陶共采集了一万多号标本回昆明，他不觉已成为大自然的儿子，吃野菜就能生活，山林树洞可以为家。他不仅和植物打交道，与动物、飞禽也有了紧密地联系。

美国有位名叫理查斯的植物学家，曾写过一本五六十万字的巨著《热带雨林》。他认为占世界森林一半的热带雨林，人为的破坏正在加剧进行。若任其砍伐，世界热带雨林，包括亚马逊河、刚果河上游未经触动的巨大雨林，就在我们这一代人的岁月里完全消失。这位外国人断

015

——著名植物学家蔡希陶

热爱自然的大地之子

定：几百万年形成的森林，将毁于这一百年内。

的确，非洲、亚洲、美洲，一路看过来，在北纬21度和23度之间的回归线上下，埃及的尼罗河和中东的两河流域，有这么多沙漠和将要过渡到沙漠去的热带干旱草原。而正好处于北回归线沙漠带上的云南西双版纳，却有着大片茂密的原始热带雨林，这是为什么？

人们居然多不认识大自然，然而，蔡希陶的肉、血和头脑，都已属于自然界了。1958年，蔡希陶和他的战友们一起来到了西双版纳。骑上马，胸前插了两支手枪的蔡希陶，出入于热带雨林。1960年2月，蔡希陶带着先遣队，共18个人，乘一条独木舟，横渡罗梭江，登上了葫芦岛。岸边有鲜鱼似的巨大水蜥蜴，躺着晒太阳。

急湍奔流的勐醒河流入美丽的罗梭江。江水平静，江面开阔。热带雨林格外苍翠，蔡希陶为他的中国科学院热带植物研究所找到了最理想的研究所址和植物园址。

建园初期，这里还是莽莽苍苍的原始森林，野兽出没，荒无人烟。于是，他们挥舞大砍刀，披荆斩棘，劈藤砍树，在葫芦岛上安营扎寨，架起三间茅屋，又开出了苗圃和菜地。以后，试验地、标本馆、药物区、人工群落试验区……植物园一天天地显露在人们的眼前。

半百之年的蔡希陶，他为什么要离开昆明这五光十色的美丽城市，跑到这莽莽苍苍的原始森林里来?对于植物标本，他是太了解它们的重要性了，但是，植物标本终究是干枯的东西。生命之树常绿，他宁可到生命之树上去采集常绿的枝叶、鲜艳的花朵、累累的果实与深入大地的根须。他是有气魄的，他有他的理想。

他不但要在西双版纳建设一个大的热带植物园，还要在金沙江边的丽江，玉龙雪山下，建设一个比瑞士更加美丽的高山植物园，还要在文山建设一个石灰岩地貌的，比桂林更秀美的大植物园，作为研究世界热带雨林以及为了向西藏作科学进军而研究高山植物、研究灰岩植物的一个个根据地。

　　而今，葫芦岛，这座被外国专家誉为绿色王冠的热带植物园，引种热带经济植物、野生植物、观赏植物一千五百多种。一年四季，百花争艳，瓜果飘香。国内大多是罕见的珍稀植物：速生树、团花、王莲、萝芙木、龙血树、美登木、油棕、可可、胡椒、砂仁……万绿丛中的国宝，数不胜数。特别是热带植物资源的发掘利用，热带植物的引种驯化，人工植物群落等方面取得了一百二十多项阶段性成果，为深入开展热带植物学研究打下了基础。

　　他是创业者。他是植物学的基础工程师。然而，或许很少有人知道，享誉世界的云南烤烟，也凝聚着蔡希陶的心血。

　　他是美烟弗吉尼亚大金元的第一引种人和推广者。

　　那还是在抗战时期，静生生物调查所迁到昆明，这一下可糟了，经费无着，十多个人的工资也发不出，蔡希陶只得在浪口村养起几匹骡马，给人家运货，拉沙石，不得不繁殖狼犬、小鸟，并在昆明福照街上开设一片鹤鹅店。这个商店出卖鲜花、盆景、种籽，以及鹦鹉、云雀、鸽子等禽鸟和小动物，如兔子、暹罗猫和小狼狗 等。营业收入多少可以资助研究所少数员工，活下命来，坚持植物分类学的基础工作。

那时，陈焕镛在广州。他是国内著名植物学家，时而派便车来昆明，开回去时总带几十盆茶花去广州。陈焕镛帮着卖掉，把钱汇过来。

上海等地相继沦陷，交通梗阻，云南纸卷烟无来源，不仅众多烟客断炊，而且也直接危及以纸卷烟税收为经营的地方教育。于是，蔡希陶很希望陈焕镛给他弄点烤烟优良品种来。忽然，有一天，陈焕镛给他寄来了一小纸袋种籽，装在信封里。好哇，这是从美国弗吉尼亚州弄来的，这是特别名贵的烤烟大金元!世上最好的烟叶种籽。

他们在腐植质的好土壤中培养大金元。大金元很快发了芽。植物分类学家的蔡希陶，开始转变为植物栽培学、植物资源学的专家了。他们插了秧，当年收了名贵的烟冲和很多种籽，第二年他们把大金元种籽播了十来亩。每亩收了200千克烟叶，并建盖烤房来烤，烟叶呈金黄颜色。烟味醇和，芳香正好，一下子远近闻名，云贵川桂都来人参观，交款订货。第三年，扩大了耕种面积，还租了土地。这一年就更好了。自从来了大金元，他们不但送走了贫穷，还开展了研究工作。第四年，更扩大了生产。蔡希陶满怀着希望。

可是，在一个夜黑风高的夜晚，忽然，枪声四起，一帮凶恶的土匪冲进研究所。那地方也太僻静了，土匪多如牛毛。土匪冲进屋，他们逃上山坡。回来一看，已倾家荡产了。蔡希陶用大金元挣来的可以用于开展科研事业的经费被一抢而光。

幸而，云南很快解放了。

全国的香烟工业，云南首届一指。而云南最著名的烤烟品种，是云烟一号，它的母种就

020

是当年的大金元。还有红花大金元，也是蔡希陶在40年代末引进以后进行长期栽培，经过连年株选而培育得到的优良品种。

而今，当人们抽着云烟、阿诗玛、红塔山时，莫忘了最初的引进者——蔡希陶。

所谓吃水不忘掘井人，吃芭蕉别忘了芭蕉花。

德国诗人哥德说过：生命之树常绿。而今，云南植物学家们掌握了西双版纳热带森林的动态平衡规律，在此基础上，建造了多层多种的人工植物群落，从而保证森林这人类生命最后的绿舟不至于变成干旱的草原和茫茫的戈壁黄沙。蔡希陶所做的，将如蒲公英的种子一样远飞高扬，到东南亚去，到刚果河和亚马逊河浓郁的热带雨林和世界上其他的大森林中去。

热爱自然的大地之子
——著名植物学家蔡希陶

坚守黑龙潭

黑龙潭，位于云南省昆明东北郊外约十五千米处的龙泉山脚下。古时，是黑水神祠的祠，南诏，大理国，直到元代，均先后在此处扩建庙宇，但都不幸地毁于战乱之中。明朝一位叫沐英的大将来到这里后，深为此处的景致所吸引，于是，又大兴土木，在这里修建了"黑龙宫"、"龙泉观"，很是壮丽。黑龙潭则得名于此处的一湫潭水，该潭水水深数丈，水从潭底冒出，色泽黝黑，看上去好象一条虬曲的黑龙正从潭底跃出。

古时，这里曾经很繁华，特别是明朝的沐英大将修建了"黑龙宫"和"龙泉观"后，这里人来人往、热热闹闹的，有来烧香拜佛的，也有来游玩的。明朝末年，一位叫薛尔望的大将又为这里添了佳话。薛尔望是明朝最后一位镇守此处的边关大将。那一年，吴三桂引清兵入关，薛尔望觉得自己是明朝将军，再吃清朝的粮食，实在是一种耻辱。于是，他带领全家人在黑龙潭投水殉节，后人称之为："寒潭千载洁，玉骨一堆香"。

1937年秋的一天，一位二十多岁的年轻人也来到

了这里，他就是蔡希陶。蔡希陶可不是来这里烧香拜佛的，他一向认为那是迷信；他也不是来这里欣赏风景的，虽然他对此处的景致早有耳闻，特别是很想看看品种为"一品红"的一株茶花和那株相传是唐朝道安和尚手植的唐梅。那么，他来到黑龙潭是为了什么？只见他眉头紧锁，似有满腹惆怅，一个人站在薛尔望的墓碑前，足足有三刻钟。当地的老百姓很奇怪这人是干什么的，发生了什么事。

原来，蔡希陶来到这里是肩负重任的。1937年7月7日，日本帝国主义发动了"芦沟桥事变"，抗日战争全面爆发，中国大陆被卷入战火之中。在这种形势下，北平、上海等地的各大学和研究所纷纷南迁，以便不中断学校的教学工作及科研所的研究工作。蔡希陶正是在他的老师胡先骕先生的授意下，来昆明郊区的黑龙潭成立静生生物调查工作站的，以便保存中国静生生物调查所的科研人员及其珍贵的标本和仪器等。

站在薛尔望的墓碑前，满怀爱国激情的蔡希陶百感交集。敌寇入侵，国土沦丧，乃是他心中最大的悲哀，他决心肩担起老师交给他的重任。

他先是成立了静生生物调查工作站，以此为基地，

继续进行植物研究。同时，他不顾危险，一次又一次去昆明城迎接来避难的科学家们。当时，日本军队虽没有入侵到昆明城，但也是经常空袭昆明，在城里居

住的科学家无处藏身，蔡希陶就亲自出面，将这些人接到黑龙潭来避难。他又费尽千辛万苦，搞了一个几十平方米的图书馆，摆放着他尽可能收集到的书以及植物标本，向来昆明的科学家和学生们开放，供他们进行研究。就这样，黑龙潭那座破庙，竟然一时成了许多科学家聚居，搞科研的地方。

1938年，蔡希陶在黑龙潭办起了云南农林植物研究所。可是，在黑暗的旧中国，贪官污吏横行，国民党政府对科学根本不管不问，而且对这些爱国的科学家还采取压迫、打击的政策，但这并不能阻挠蔡希陶"科学救国"的雄心，他设法排除困难，继续进行植物研究。抗战后期乃至日本投降后，由于国民党官吏大

热爱自然的大地之子

——著名植物学家蔡希陶

肆搜刮钱财，至使物价一日数涨，老百姓生活极端困难，科研所也是越来越难以维持了。蔡希陶并没有被这一困难吓倒，他号召大家自力更生，团结起来，共同度过这个难关。他自己亲自带头办农场，种地，又开了一家鹦鹉商店，出售花、鸟、鱼、虫，靠这点微薄的收入同大家共渡难关。

与此同时，蔡希陶在政治上也更加成熟了。他不是那种"两耳不闻窗外事，一心只读圣贤书"的人，而是时刻关注着国家的安危，时刻关注着国家时局的发展。1927年，还在上海立达中学读书的时候，他不但读了很多自然科学的著作，也阅读了一些马列主义书籍，1928年，他光荣地加入了中国共产主义青年团。这在国民党白色恐怖年代，是需要多大的勇气啊！今天，青少年思想上要求进步，希望加入中国共产主义青年团组织，是倍受鼓励和支持的，因为对我们青少年来说，能够加入中国共产主义青年团，乃是一件光荣而引人自豪的事，共青团乃是中国共产党的得力助手和后备军。可在那个时候，中国正处于国民党反动统治下，谁参加革命活动，谁就有掉头的危险。但年仅17岁的蔡希陶还是勇敢地加入了中国共产主义青年团组织，因为他坚信共产党是能救中国的。尽管他这种认识还不很深刻，但已经是极为难能可贵的。如今，经历了十几年乃至二十余年的风风雨雨，蔡希陶已经能正确地看清革命的局势。他知道国民党的反动统治不会长久了，他相信，共产党将会很快建立一个新中国，到那时候他就能充分地发挥能力，更好地为祖国的植物科学的发展做更大的贡献了。他憧憬着美好的明天到来，行动上，也处处体现出爱国反蒋的精神。解放前夕，特别是1947年-1948年间，昆明地区的民主运动风起云涌，蔡希陶多次参加签名运动，坚决地反对国民党的反动统治。同时，他也更加精心地保护植物研究所，准备着将来为新社会服务。

这一天，终于来到了！1950年，中国人民解放军几十万大军分三路进入云南，同年2月20日，中国人民解放军第二野战军第四兵团进入昆明。著名的陈赓、宋任穷将军在昆明的金马碧鸡坊接受了昆明人民献上的花束，昆明城解放了！

日思夜想，蔡希陶等待的正是这一天啊！他知道，中国有救了，他的科学研究的春天也要到来了。的确如此！瞧，黑龙潭那颗唐梅树上，竟也爆出了洁白晶澈的梅花，黑龙潭的春天来了，昆明的春天来丁，真可谓满世界皆春！

中国科学院昆明植物研究所

中国科学院昆明植物研究所位于素有"春城"之称昆明市的北郊黑龙潭风景区，创建于1938年。经过近七十年的学科积累，现已成为在国内外有较大影响的植物学科研机构。

我国老一辈植物学家胡先骕、严楚江、郑万钧、汪发缵、俞德浚、蔡希陶、陈封怀和吴征镒先生等曾先后在这里任职。本所设有植物化学与西部植物资源持续利用国家重点实验室、生物地理与生态学研究室（生物多样性与生物地理学重点实验室、民族植物学实验室）和植物园（昆明和丽江），以及依托国家大科学工程"中国西南野生生物种质资源库"建设的植物种质资源和基因组学研究中心。

根据研究所的研究积累、学科布局和创新目标，将生物地理学、植物化学、植物种质资源与基因组学作为三个创新重点领域。把分子生物地理学及植物系统演化和植物次生代谢产物及其生物学意义作为基础研究的重点，把天然活性物质、创新药物和野生花卉资源及新品种选育作为实现知识转移和产业化发展的两个重点方向。主要开展以植物生物地理学和分子进化为主要发展方向的植物进化生物学；以植物次生代谢产物及其生物学意义为主要发展方向的植物化学和化学生物学；以模式植物基因组提供的手段和信息进行的以野生植物基因资源研究为主要方向的植物基因组学；以及以植物迁地保护为主要方向的保育生物学开展原创性的研究。在生物地理学、植物化学和新药研究、植物进化与比较功能基因组学和保育生物学的研究方面，形成新的研究体系和研究格局，成为国际上在植物多样性、植物资源研究和生物技术产业领域具有重大影响的研究机构，为我国生物技术产业、环境保护和经济社会的可持续发展提供一批原创性的成果，为国家和东南亚、喜马拉雅地区的生物多样性保护做出重大贡献。

　　昆明植物研究所以中科院生物多样性与生物地理学重点实验室、植物化学与西部植物资源持续利用国家重点实验室、中国西南野生生物种质资源库和植物园为基本研究单元与科学平台，立足云南和我国西南，面向东南亚和喜马拉雅地区，根据国家战略需求，特别是西部大开发的战略部署，瞄准国际现代植物科学前沿和生物多样性保护研究的前沿，加强原始性科学创新，加强战略高技术创新，为国家的生物多样性持续利用与保护、区域经济发展和社会进步做出基础性、战略性和前瞻性跨越式的重大贡献。

　　到2010年，将我所建设成为具有当代植物科学研究体系，具有较强自主创新能力和持续发展能力、特色鲜明、立足于国际化竞争的国立研究所，成为我国生物多样性高级生物学人才培养和知识传播基地，以及天然药物和花卉产业化的孵化基地。

中国科学院西双版纳热带植物园

中国科学院西双版纳热带植物园，1958年5月始建于西双版纳景洪大勐龙小街,因距边境太近及社会治安等原因,1958年底搬迁至勐腊县勐仑。1959年1月1日在葫芦岛正式成立。

1959年至1970年6月中国科学院西双版纳热带植物园建制隶属于中国科学院昆明植物研究所。1970年7月经国务院批准下放地方,改称云南省热带植物研究所,隶属于云南省科委领导。1978年3月经国务院批准收归中国科学院,改称中国科学院云南热带植物研究所,直属于中国科学院领导。1987年1月中国科学院对云南三个生物学机构体制调整,除实验植物群落研究室划归中国科学院昆明生态所外,其余并入昆明植物研究所,恢复中国科学院西双版纳热带植物园名称,建制隶属于中国科学院昆明植物研究所。

1996年9月,经中央机构编制委员会办公室批准,将西双版纳热带植物园从中国科学院

——著名植物学家蔡希陶

热爱自然的大地之子

昆明植物研究所划出，与中国科学院昆明生态所合并组建为中国科学院西双版纳热带植物园，建制隶属中国科学院领导。

中国科学院西双版纳热带植物园（简称版纳植物园），系我国著名植物学家蔡希陶教授领导下创建于1959年，是我国面积最大、保存物种最多的植物园。该园位于云南省西双版纳傣族自治州勐腊县勐仑镇，东经101°25′，北纬21°41′，座落在澜沧江-湄公河重要支流罗梭江所环绕的葫芦岛上，海拔570米，年平均气温21.4℃。

该植物园占地900公顷，建有棕榈园、榕树园、龙血树园、苏铁园、民族文化植物园等35个专类园区，收集保存植物达一万多种，独特的热带植物和丰富的民族文化使植物园呈现别具一格的热带风情。植物园的变化日新月异，建成了罗梭江新大桥和秀美的百花园，扩建了棕榈园水景区和姜科植物专类园，并新建了西区入口，配备设施完善的园外园，为游客提供了更多的美景和更便利的游览条件。

植物园还是重要的科研基地，设有保护生物学、森林生态系统生态学和资源植物学三个研究中心，下设24个研究组和各实验室、标本馆、种质保存库、图书馆、生态站等科研设施，并建立了20公顷长期观测样地。建园50年来，承担和完成科研项目九百多项，发表学术论文三千余篇，出版专著四十多部，形成专利24项，取得各类科研成果二百九十多项。

作为国家级科普教育基地、国家AAAA级旅游风景区、全国文明风景旅游区示范点，园内建有宾馆、会议室、游泳池、现代通讯、便捷的园内交通设施和旅游纪念品市场等设施，是一个集吃、住、行、游、购、娱为一体的度假休闲理想之地。每年有数十万的游客慕名而来，国家领导人、知名人士，以及外国首脑和著名学者多次来植物园参观。

——著名植物学家蔡希陶

热爱自然的大地之子

寻橡胶误入匪窝

建国初，我国自己还不能生产出大量的橡胶，可是橡胶的用途太广泛了，工业、军用等都需要橡胶！比如，大家熟知的汽车的车带，更是离不开橡胶。

1950年6月，朝鲜内战爆发，7月，美国驻远东军总司令麦克阿瑟又带领美军，对朝鲜发动了大规模的侵略战争。美国海军也向中国领土台湾沿海出动，决定阻止中国人民解放台湾。把战火烧到我国东北边境，严重地威胁我国的安全。中国人民实在是忍无可忍，于是一场伟大的抗美援朝战争开始了。橡胶生产迫在

眉睫了。可是，我国到底有没有橡胶树？数量多不多？能不能生产出大量的橡胶？

1951年8月初的一天，北京，召开了一次紧急而重要的会议，讨论生产橡胶的大问题。云南省省主席和省委书记立下了军令状：一定要找到橡胶树和橡胶宜林地，即适合种橡胶的地方。

蔡希陶请缨出征。

他很明白，自己肩负的这付担子实在太重了，他也明白，要寻找橡胶树，要考察橡胶宜林地，自己必

热爱自然的大地之子
——著名植物学家蔡希陶

须亲自去森林中，去莽莽大山中探险，甚至有失去生命的危险。可是，祖国需要橡胶啊，只要是祖国的需要，个人利益又算得了什么，个人生命又算得了什么呢？

他又踏上了新的探险之路，带着希望，带着满腔热情，又一次闯进了深山老林之中，闯进了虎狼出没的地方。

蔡希陶一行十人，晓行夜宿，穿行于茂密的森林中，爬山越岭，仔细地寻找橡胶树。

这一天，他们来到了山中的一个小寨子。天，已经完全黑下来了，又有些阴沉沉的，看不到星星，也看不到月亮。同志们都又累又饥又渴，想去老百姓家要点水喝，但犹犹豫豫，还是没有去。夜实在太深了，山中的老百姓很少见到山外的来客，要是这么晚了去敲人家的门，还不吓坏了他们！更何况，当时云南刚刚解放，边境上残匪出没频繁，这些土匪经常夜半三更去骚扰村民。为了免得村民们担惊受怕，蔡希陶和他的同志们就只好匆匆地吃了些随身带的干粮，在村头搭起了简易帐篷，睡下了。

他们实在是太累了，睡得又香又甜。可他们哪里知道，此处乃是一个土匪窝！

天，刚刚开始放亮。一位同志醒得比较早，他看到许多家房屋前，都拴着骠悍的高头大马，这马显然不是用来种地拉车和驮运的，有经验的人一看就能分辨出，这是经过特殊训练专供人骑的大马。可这里的村民不擅骑马，怎么会有如此强壮的马匹出现呢？很显然，他们误入了土匪窝。他赶紧叫醒了其他几位同志，蔡希陶当机立断，骑上马，赶紧走！

他们迅速收拾好必带物品，策马飞奔。待土匪发现时，已经晚了。

好险啊！一路上，他们遇到的类似的险境实在太多了，可他们不能退却！只有一往直前，他们才能获

热爱自然的大地之子

著名植物学家蔡希陶

得有价值的资料，中国的橡胶业能否有一个开端，正取决于他们的探索啊！

翻过了一座山，又翻过了一座山，渡过了一条河，又渡过了一条河，实在是苦不堪言。可是他们没有任何抱怨。只是橡胶宜林地的线索还没有被找到，这才是痛苦的事。但是，蔡希陶和他的同事们仍坚持不懈地找啊，找啊，没有任何人打退堂鼓。这是一群知识渊博的植物学工作者，他们对大多数植物的生长状况均了如指掌。临出发前，蔡希陶又带领大家着重阅读了有关资料，以帮助他们多了解一点云南的气候、土壤状况等。可是，当时，我国对这方面的研究还不很深，多是在古书中散见着一些描述。蔡希陶他们就尽可能地收集有关资料，这工作在他们的考察中可帮了大忙。他们根据考察的情况，认真分析，相信一定能够找到橡胶宜林地的线索。

这一天，他们渡过了咆哮的怒江，小船晃晃悠悠将他们载到盈江县境。他们坐了一天船，个个都精疲力尽的，有的同志晕船，加上多日的劳累，已折腾得不成样子，脸色发灰。蔡希陶也是有些打不起精神来，他真想安安静静地睡上一觉啊！

天啊，眼前的情景简直使他们惊呆了，这是一块栽着几百株橡胶苗的地，那橡胶苗长得又高又壮的。

——热爱自然的大地之子

著名植物学家蔡希陶

蔡希陶顾不得旅途的劳累，跑到地里，认真地观察起来，查海拔，测土壤，查看周围的植被，细致地观察苗长的生长规律，又到村寨里找农民了解常年气候情况……。

橡胶宜林地的线索终于找到了！蔡希陶和他的同志们高兴得不能自己，诗情大发：

夜渡盈扛乘竹筏，

晃晃荡荡顺水下。

看了凤凰山，

更想橄榄坝。

三叶橡胶树，

北移资考察；

北纬二十四，

海拔九百八。

抓紧试种勘林地，

因地制宜搞规划；

盈江永系土肥沃；

胶苗生长定发达；

怒江水系大山高，

温高流速谷深狭；

澜沧水系面积广，

热带原始森林大；

红河水系气温高，

河口无霜低海拔；

进军西双版纳。

　　蔡希陶要去西双版纳建立热带亚热带植物研究基地！消息传开，无人不惊异！

　　西双版纳，乃是一块神秘而富足的土地，是一块拥有热带丰富植物资源的宝地。那里，约有五千多种植物，几乎占全国所有植物种类的六分之一。西双版纳的原始森林，各种植物千姿百态，茫茫树海碧波起伏，一年四季百花争艳，瓜果五谷终年飘香。不仅如

——著名植物学家蔡希陶

热爱自然的大地之子

此，原始森林还分成了奇妙的三个层次，上层为高大挺拔的参天乔木，高达三四十米，五六十米；中层为婆娑多姿冠幅宽大的高廿米左右的乔木，下层是幼树和一些低矮的灌木以及竹丛、荆棘等。不同年龄、不同树种的树冠紧紧相连，粗大的木质藤蔓来往穿梭，林下野花又争相开放，真是自然界的一大奇观。的确，这是一个得天独厚的天然大温室，也是研究植物学的最理想的实验室。可是，这块植物学家的"乐土"还从来没有人开辟过，要真的在那里建立起一个植物研究所，该付出多大的代价啊！

这时的蔡希陶已是德高望重，功成名就，许多人对他要去西双版纳建立植物研究所的行为表示迷惑不解。

"老蔡，你已经是快五十岁的人了，怎么能再经得起折腾？"许多人在担心着。

"守业难，创业也难，我这个人这一辈子，就是想办点事"。"人的一生就是要在奋斗中前进，也只有这样才能增长才干！"他毫不犹豫地回答。

看来，十头牛也拉不回来他了。蔡希陶是不怕吃苦、不畏险阻的人。回想当年，他孤身闯云南，吃了多少苦，可他也挺过来了，那时他只有一个想法，要为祖国的植物学发展做出贡献。如今，他的背后站着

强大的中华人民共和国，他为科学献身的劲头更足了！

蔡希陶不是没有想到前面面临着的困难乃至危险，他不是不知道，神奇、美丽的西双版纳还是一片蛮荒之地，可他仍旧毅然地准备亲自出征！

1958年5月2日，蔡希陶收拾起简朴的行装，率领十个年轻人登上一辆大卡车，开始了创建我国第一个热带植物研究所的行程。

大卡车开动了，送行的亲友们不禁有些难过。蔡希陶的妻子、儿女都十分理解和支持他的工作，可是；他们很明白，蔡希陶是去冒险的，何况他的身体已经不是很好。长年累月地在外跋涉，饥一顿饱一顿的，有时，还遇上危险，这叫人怎么能放心呢？

蔡希陶不是没有感情的人。他明白妻子，儿女的心，可是，他更割舍不了的，乃是祖国的植物学事业！为了发展祖国的植物学，为了找到更多更有价值的于人们生活有用的植物，他在所不辞。

　　大卡车刚刚开出昆明市区，坐在驾驶室里的蔡希陶就悄悄地爬到车厢和大家同坐。出发前，他就坚决要和大家坐在一起，怎么劝也不行。年轻人就想出了一个办法：

　　"蔡老师，您要不坐在驾驶室里，我们不会上车的。"

　　无奈，蔡希陶只好坐在驾驶室里。可他哪是搞特

——热爱自然的大地之子

著名植物学家蔡希陶

殊化的人啊！虽然他已是大专家，可却从不摆大专家的架子。平日里，他对同志都以诚相待，平易近人，哪个同志有困难，他总是热情相助。出差在外，他更是先考虑别人，再想到自己。大家让他坐在驾驶室里，虽然很舒服，可他心里不好受。他要和同行者同甘共苦！所以，表面上，他答应坐在驾驶室里，心里却想着找时机，到车厢里去。

这群年轻人看到蔡老师来到车厢里，个个都老大不愿意，他们可舍不得蔡老师受苦！可蔡老师铁了心，谁也劝不动。

蔡希陶沿途谈笑风声，不断给大家讲有趣的故事，大家几乎忘记了他们是去探险，简直有种去郊游的感觉。

路，越来越泥泞，弯多，坡也大，车子不断地颠来簸去，很不舒服。太阳当空照着，又闷又热，如同走进了火焰山。嗬，个个怎么都成了泥人？原来，是汗水拌上漫天飞扬的尘土，使每个人都脏乎乎的。

车，费力地驶着，突然，听得咔嚓一声，整个车身猛地震动了一下，向右面倾斜过去，全车的人心都提到了嗓子眼，完了，车要栽到河里去了！原来，大卡车正经过一座木桥，这座木桥年久失修，又旧又破，在卡车的重压下，桥梁断了。还好，两个轮胎陷在了

FLORA OF YUNNAN

Field No. 53506   Date June 9, 1933

Locality O-shan Hsien

Altitude 1650 m.

Habitat on road side

Habit herb

Height 4 ft.   D. B. H.

Bark

Leaf

Flower yellow

Fruit

Notes

Common Name 茴香   Family Umbelferae

Name

Collector H. T. Tsai

Foeniculum vulgare Mill. (1768)

定名人: C.Y.Wu 1963 年12月13 日

中 国 科 学 院
植物分类研究所昆明工作站
植 物 标 本 室

Foeniculum vulgare Mill.

KUN No. 0562046

蔡希陶采集植物标本

热爱自然的大地之子

——著名植物学家蔡希陶

断开的桥板里，总算没有掉进湍急的河流中去，这已经是万幸了！

蔡希陶立即跳下车，带头进行紧急抢修。他肩扛着大木头，一趟又一趟，以尽快地加固桥梁。年轻人不忍心老师这样干，可怎么劝也劝不住。足足干了三个小时，仍没有修好桥，可大家已经又饥又渴了，个个汗流浃背。

忽然，在后坡密林中钻出了几个傣族人，只见他们光着上身，腰别大号的长刀，直朝这面奔过来，更可怕的是，他们满身刺着花纹。考察组的年轻人不由得紧张起来！这是一群刚刚从大学、中学毕业的年轻人，从没见到这样吓人的阵势，他们一时也判断不出，这突如其来的少数民族人是干什么的。

"波涛！比龙！苏滴浬！"（傣语：大爹、大哥你们好！）蔡希陶满脸笑容地迎上去，并主动地伸出手，表示友好。

"苏浬滴滴，哩滴滴！"（傣语：很好很好。）对方回答着。

"宾龙达赖，比比龙龙。"（傣语：大家兄弟一家人）蔡希陶又道。

"哩、哩、哩！"（好好好），几个傣家人高兴万分，伸出大拇指连声说着。

同行的年轻人还真没料到，蔡老师会讲傣语。哎，原来是一场虚惊！

几个傣家人起初对这几个山外人抱有很大的戒心，可听到蔡希陶热情、友好的问候，便也抱以同样友好的态度，因为他们本来就是热情、好客的。于是，傣家人帮助蔡希陶他们拉受困的大卡车，又派人到几公里外的寨子找来蔬菜为他们生火煮饭。又经过两个多小时的战斗，汽车才终于开动了。晚八时，才到达第一个站地——大勐龙的小街。

第二天，他们便在莽莽的原始森林里开始了科研活动——寻找辨别珍贵的植物标本，采集到标本，观察……，入夜，他们点燃起篝火，搭棚子，盖房子，总算忙完了。蔡希陶浑身酸疼酸疼的，刚躺在草堆上，便发出重重的鼾声。他太累了，一路上，他既是领导人，又是向导，还总是关心别人，干活却抢在先，这叫人怎能不感动呢！

第三天，第四天……，他们继续进行科研活动，然而，大勐仑离边境太近了，那时边境上还有小股残匪，在边界不断骚扰。这股残匪很快发现了这支考察队伍，自然也不放过，经常找机会袭击他们。

怎么办？蔡希陶眉头紧锁，心急如焚，他不能容许他率领的这支考察队伍有任何损失！

蔡希陶采集植物标本

然而，厄运还是不期而至。

这一天，他们又出去考察。前面，有一条湍急的河流，水咆哮着，很吓人。可是，无路可走，他们必须涉水过河，才能到达对岸，进行他们的考察。不过，说实在的，这样的困难他们遇到不只一次了，所以，大家也没太紧张。

过去了一个，又一个……，突然，一位叫赵锡旋的女大学生（刚刚毕业于云南农林学院）打了个趔趄，倒在了水里，她身边的赵世祥（留苏学生）见状，猛扑过去抢救，可是，水太猛了，两人一起被涌来的波涛卷走吞没，抢救已来不及了。他们是科技开发西双版纳最早的殉难者！

泪水，从蔡希陶的脸上滚落下来，从同志们的脸上流下来……

有的人沮丧，有的人颓唐，有的人甚至悄悄离开了队伍。但更多的人则更坚定地要求，继续前进！

望着队伍中这群坚定的年轻人，蔡希陶心头一阵阵发热，他毅然地发出了命令："向小勐仑葫芦岛进发！"

小勐仑葫芦岛，也是一个美不胜收的地方，"一江碧水西折东，勾出半岛葫芦形"。这里三面环山，清澈的罗梭江宛若一位温柔恬静的少女，美丽的孔明山将

蔡希陶和他的学生在热带雨林里考察

它那秀丽的身姿投入江面，岛上树木葱笼，如同一片绿色的大海。这里有着动人的传说，相传三国时诸葛亮（又叫孔明）派兵到此，傣家人便请教这位智多星："您智慧过人，那么，请问，如何解决此地房子易被虫蛀的问题呢？"

孔明微微一笑，将头上戴的帽子摘下，说："按此帽建盖如何？"

从此，傣族就把自己的竹楼叫做"孔明帽"，这里的山便起名为孔明山。

风景是非常美丽的，传说也是极其动人的，可这里，到处是杂树、草丛和荆棘，那野性的老虎也时常出没。但蔡希陶他们已顾不得这些了，要创业，必须付出巨大的代价。蔡希陶倒觉得自己很幸运，他常说："野外工作是辛苦，山路的确不好走，但我们终归有路可走。我真佩服那些踩出一些山路的开路人，当初他们一定比我们苦多了。"

到了葫芦岛，第一件事是自己动手盖房子。那里的房子、床基本上是用竹子做成的，蔡希陶就率先带领大家去砍竹子。砍竹子是力气活，也是巧活，需要技术。蔡希陶早年探云南时，曾虚心地向当地人请教过，多少掌握一些要领。可他年纪已大，身体也不太好，但他仍拼命地干着，并向青年们传授砍竹的技术。

"砍竹子必须先砍竹下腹，不可先破弓背，否则竹梢的重量会把弓背撕裂，象离弦的箭刺伤人体，而且砍竹的人应当站在侧面，如若正对'弓背'，撕裂的竹子有可能穿过肚子，造成死亡。"

砍了一天竹子，蔡希陶又带领大家拖着竹子向坡下滑行。坡陡路滑，大家不时摔倒，脸上、脚下、手上、脖子上都是伤痕，蔡希陶也是弄得血迹斑斑的。到了目的地，蔡希陶顾不得自己，而是急着为大家敷伤。他心疼得简直要流下泪来，嘴里却说："这有什么？热血献边疆，大炮（泡）镇疆场嘛！"

竹篱茅舍盖完了，大家欢欢喜喜地搬了进去，也开始了更艰辛的战斗。

荆棘，一刀一刀地砍丢。

好的品种的树，需要人连根刨起，按规划移栽。

那坚固的树根，需要人一点一点地抠出。

一年又一年，大家就这样不停地干着，蔡希陶总是走在最前面，他和年轻人在一间茅屋里睡，在一口锅里吃饭，从没有享受任何一点特殊待遇。年轻人考虑他年纪大了，想单给他做点吃的，补补身体，劝他少干点活，做做指导就行了。可他却坚决不肯，他说："在这里，我不是什么'老专家'，我和大家一样，都是来创业的。"

蔡希陶带领大家，一面为把西双版纳建立成一个天然大温室而奋斗，即，准备把这片资源丰富但杂草丛生的地方，统一划片，变成热带植物自然保护区、水生植物区、竹区、棕榈区、热带水果区……，一面考虑着开发国家所急，人民所需的植物。

　　20世纪50年代末60年代初，我们年轻的共和国发生了严重的自然灾害，经济面临着严重的困难。很多人没有饭吃，只能以野菜充饥，水肿病蔓延，有的人甚至因为营养不良丧失了生命。

　　人民科学家看在眼里，疼在心上。

　　他想起了30年代在云南考察时发现的油瓜，这种

野生的藤木植物是一种多脂肪、高蛋白质的油料植物。油瓜里有六粒种子，种仁可榨油，加工取油后的油渣则可做味美且营养丰富的食品。但油瓜是否可由野生到人工栽培呢？是否可以大面积种植呢？

蔡希陶开始了尝试。为了掌握油瓜开花和为油瓜授粉的昆虫的规律，多少个夜晚，他蹲在油瓜地里，不顾蚊虫叮咬，借着汽灯仔细观察……终于，经过几年的努力，他带领科技人员，摸清了油瓜的生长特性，掌握了播种、育苗、移栽、定植、管理等一套实际可行的栽培办法。

为了解决粮食供应困难，他还研究芭蕉代粮，推广荒地种植芭蕉，平均亩产蕉果4 000千克，可提取淀粉800千克。

他还亲自带领年轻人数下勐海等地，发现了许多有价值的樟油品种，桉叶油品种，香叶天竺油品种。樟油、桉叶油、香叶天竺油是云南产的著名的香料品种，如今，这几种香料在国内外都有一定的影响，特别是云南桉叶油已成了云南香料出口的最大量产品。

蔡希陶又三次进行紫胶寄生树的调查，提出了成立紫胶工作站的建议（现在云南省紫胶研究所的前身）。现在云南省的紫胶生产已形成规模，形成产品，其经济价值已经超过亿元。

创业是艰苦的，然而它是有意义的。诺，你若有机会来到西双版纳热带植物研究所，你一定惊讶不已！瞧，濒危植物自然保护区让人如同进入原始林莽，棕榈区令人心旷神怡，水生植物区玲珑的睡莲格外地美，还有那一片绿的竹区，挂满了柚子、菠萝蜜的热带水果区，那充满异国风情的外引植物区……这里，已成为我国热带植物资源的引种训化、开发和保护的重要研究中心。

当你惊叹这里的奇妙时，当你看到这累累硕果时，请记住，这是一位人民的科学家艰苦创业的结果，这是他毕生精力和心血的结晶！

热爱自然的大地之子

——著名植物学家蔡希陶

胡 先 骕

胡先骕（1894—1968），字步曾，号忏庵，新建县人。我国著名的植物学家，中国植物分类学的奠基人。12岁已通读《史记》《汉书》。后入省立一中学习，毕业后考入京师大学堂预科。1912年参加东西洋留学考试，名列第一，进入美国加利福尼亚大学和哈佛大学，学习农业和植物学，1916年学成回国。1923年，再次赴美深造，在哈拂大学攻读植物分类学，获农学博士学位，1925年回国。从1918年起，胡先骕先后任南京高等师范学校、东南大学、北京大学、北京师范大学等校教授，中正大学校长，中央研究院评议员、院士。新中国成立后，任中国科学院植物研究所研究员。胡先骕对我国植物学的研究，尤其是对植物分类学、古植物学和经济植物学的研究与教学，取得了突出的成就，先后发现一个新科、十个新属、数百个新种。1951年，他根据对近代植物形态学、解剖学和分类学的研究，创建多元植物分类系统，提出著名的被子植物出自多元的分类学系统理论，对近代植物学的研究与发展具有很高的科学价值，从1928年起，他先后创办了中国科学院生物研究所、静生生物调查所、庐山植物园、云南农林植物研究所等科研机构，为我国植物学研究工作提供了重要基地，并有组织有计划地对我国丰富的植物资源进行了广泛深入的调查研究，取得丰硕的成果。胡先骕一生发表了论文百余篇，其中许多是有关新种、新属、新科和植物分类系统方面的论述。1923年，他与邹秉文、钱崇树一起合编我国第一部《高等植物学》。1933年翻译出版了哈第所著《世界植物地理》。解放后，先后编写《种子植物分类学讲义》《中国植物分类学》《经济植物学》等著作。

热爱自然的大地之子

俞 德 浚

俞德浚，小学时家境贫寒，在北京师范学校上中学时，受两位留日老师的影响，对生物产生了浓厚的兴趣。1928年考入北京师范大学生物系，因学习成绩优异，受到植物学家胡先骕的器重。1931年，大学毕业后，担任了胡先骕的助教，负责北京大学和北京师范大学植物分类的实验教学工作，并在胡先骕任所长的静生生物研究所植物部从事植物分类学研究。当时中国近代植物学研究许多学科尚缺乏必要的研究技术资料，这一时期，俞德浚在《中国植物学杂志》上翻译发表了《国际植物学会的发展史料》和《国际植物学命名法规》，为国人了解国际植物学术活动和我国的植物分类研究，提供了宝贵的资料。

1932年，在俞德浚任四川省北碚中国西部科学院主任期间，与常隆庆等人首次考察了四川西部凉山彝族自治州西昌、峨边、雷波、马边等山区。当时交通不便、军阀混战、匪徒滋扰，再加上民族隔阂，要进入这些地区的深山大川，需要很大的决心和勇气。1935年，他在《中国西部科学院特刊》创刊号上刊登了《四川省雷马峨屏调查记》一文，详细介绍了当地的自然环境、土壤、气候、植被和风土民情。继川西考察之后，他又到云南西北部的德钦、丽江、怒江、独龙江等地考察。横断山区，山高谷深，气候变化莫测，冰雹暴雨，威胁着考察队员的安全。他们历尽艰险，连续几年工作，采集到植物标本两万余号，为国内外研究该地区植物提供了珍贵的材料。

在高黎、贡山、独龙江一带进行考察时，他雇请贡山县独龙族农民孔志清担任向导和翻译。晚上，孔志清帮助烘标本纸，同时学习汉语和汉字；俞德浚教他学植物标本采集制作技术，1938年又推荐保送他到大理政治学校读书，在经济上支援他，像亲人一样给他温暖。中华人民共和国成立以后，孔志清成长为少数民族干部，并被选为独龙族人民代表；1964年，在北京召开第三届全国人民代表大会期间师徒重逢格外亲切。这段友谊一直延续了三十余年，表现了一个科学家热爱祖国、热爱人民的诚挚感情。

1939年至1947年，俞德浚先后在云南大学生物系、云南大学农学院和云南农林植物研究所任职。当时科学研究单位经费紧张，为维持生计，需要开拓生产性课题。他在调查研究云南野生植物资源的同时，引种栽培了来自国内外的许多烟草栽培品种，这项工作为发展云南烤烟生产提供了种质。

在实践中，俞德浚对引种经济植物在国民经济中的重要性，有了进一步的认识。1947年，在英国爱丁堡皇家植物园和英国皇家植物园邱园进修和作客籍研究员时，他看到这两个植物园收集了世界各国植物5万种以上，其中很多种类来自中国西南部。中国的杜鹃、百合、樱草，以及众多的花卉、灌木都在英国土地上茁壮生长。在英期间，他积极吸收两个植物园在植物引种研究工作和栽培管理方面的成功经验，根据资料和活植物整理编写了《中国西南各省秋海棠属植物名录》和《中国新秋海棠科植物》。

1950年，俞德浚从英国回到北京，在中国科学院植物分类研究所（现植物研究所）从事植物学研究和北京植物园的建园准备工作，并在今北京动物园内开辟小面积试验地和温室，收集种苗，开展水杉、杜仲等植物的育苗试验。直至1986年的三十余年中，俞德浚为发展我国植物园事业，跑遍祖国各地，多次到庐山植物园、南京中山植物园、华南植物园、武汉植物园、杭州植物园、桂林植物园、西双版纳热带植物园和海南植物园等处，参加各园的建园规划和园址选择等工作，共同探讨办好我国植物园的有关问题。为我国植物园的发展做出了很大贡献。

俞德浚1964年当选为第三届全国人民代表大会代表。1960年至1981年任中国园艺学会第

热爱自然的大地之子
——著名植物学家蔡希陶

二、三届副理事长。1978 年至 1983 年任中国植物学会副理事长兼秘书长。

陈 焕 镛

陈焕镛（1890—1971），字文农，号韶钟。出生于香港，祖籍广东新会。著名植物学家，我国近代植物分类学的开拓者和奠基者之一。祖籍广东新会，1890年6月6日生于香港。1919年毕业于美国哈佛大学森林系，获硕士学位。中国科学院华南植物研究所研究员、所长。1955年选聘为中国科学院院士（学部委员）。1971年1月18日逝世。

1919年回国后，先是接受哈佛大学的委托，赴海南岛五指山采集。1920年-1926年，相继受聘任南京金陵大学、南京东南大学教授。1924年-1925年间，曾赴美国鉴定标本一年。1926年后，转入广州中山大学任教授，一直到1954年，曾相继兼植物学系主任、理学院院长。1928年，在中山大学创办植物研究室，翌年扩充为植物研究所，后又改名为农林植物研究所、植物研究所，任所长。1935年受广西大学的邀请，又在该校创设经济植物研究所，兼任所长和广西大学森林系教授、系主任。1954年，中国科学院接收中山大学植物研究所和广西大学经济植物研究所，分别改名为华南植物研究所和华南植物研究所广西分所，任命他为华南植物研究所研究员、所长，兼广西分所所长。1955年被选聘为中国科学院学部委员。1959年以后，他被聘任为《中国植物志》副主编，旋即移居北京，以主要精力主持这部我国植物分类学巨著的编纂工作。

1933年，他与钱崇澍、胡先骕等共同倡议创立中国植物学会，同年被选为学术评议员兼《中国植物学杂志》编辑。1934年-1936年，任该学会副理事长、理事长。1938年-1940年，被选任为中央研究院第一、第二届评议员。中华人民共和国成立后，被选为全国人民代表大会第一、第二、第三届人民代表。

陈焕镛在开发利用和保护祖国丰富的植物资源、研究植物分类学、建设植物研究机构、培育人才、收集标本等多方面付出了毕生心血。

1919年学成回国后，清楚地知道我国植物学研究的落后情况，他立志要用自己的科研工作实践去促使这种落后状态的改变，因此，他紧紧地抓住搜集植物标本、搜购图书资料和培育人才这三个重点，逐步开展工作。他一方面从事教学工作，一方面致力于植物的调查采集和分类学研究。在国立东南大学任教期间，他与邹秉文及秉志、钱崇澍、胡先骕、钱心煊、陈嵘等人分别开创了我国最早的现代植物学和动物学科研事业，并培养了一批人才。他有感于当时的树木学教科书题材多为欧美树种，因此编写了一本《中国经济树木》作为教材，这是一本我国最早有科学名称的树木学教材。他还是我国植物调查采集的创始人之一。早在1919年他就赴海南岛五指山区采集，成为登上祖国南部岛屿采集标本的第一位植物学家。他在岛上工作了10个月，发现了不少新植物，采集了大量的珍贵标本。20年代，他到湖北、广东、香港、广西、贵州等地采集标本，同时还与英、美、德、法等多个国家的学者和标本馆建立标本交换关系，因此，积累了相当数量的标本。1928年他到中山大学农学院任教，创立并发展了植物研究所（该研究所1930年改名中山大学农林植物研究所）。并于1928年在学校内建立起我国南方第一个具有一定规模的植物标本馆。1935年广西大学校长马君武敦请他到梧州创建广西大学经济植物研究所。自此他经常往返于广州、梧州之间，主持着两所的工作。数年内先后派出采集队，采集了大量标本。1930年，他还创办了《中山专刊》，以纪念孙中山先生。该刊登载以植物分类学为主的植物学专业论文，在国内外有一定影响。并且借助此刊与国外交流，从而得到大量的植物学书刊，其中有部分卷册为国内仅有的珍贵版本。

陈焕镛对于华南植物有着广博的研究，在此基础上，对中国樟科、壳斗科、绣球花科、苦苣苔科、桦木科和胡桃科等的分类有精湛的造诣和开创性的见解。先后发表的论文和学术专著不下五十余篇（册），发现的植物新种达百种以上，新属十个以上，特别是银杉属和观光木属的发现在植物分类学和地史研究上有重大的科学意义。银杉是一种极罕见的孑遗裸子植物，被称为"活化石"。在地球上其他地区已经灭绝，独生存于我国局部山区。

陈焕镛一贯积极开展对外学术交流，所以他在国际学术界享有很高威望。

热爱自然的大地之子

——著名植物学家蔡希陶

会"佛爷"

西双版纳曼法寨缅寺有位远近闻名的"佛爷",这位"佛爷"自幼开始注意学习收集傣家经文,对傣医非常精通,能自配出许多灵丹妙药,治疗了许多病人,当地人对他有种迷信和崇拜。他身躯硕大,肥胖异常,因此行走不便,很少到外面活动,这样,外面的人更把他说得神乎其神,有的甚至说他是真正的已修炼了很多年的"佛爷",来到人间专为给百姓治病的,不然,怎么,他总是能药到病除呢!

蔡希陶听说了这位"佛爷",就想去拜会拜会他。蔡希陶当然不相信人们关于他的神秘传说,因为那是种迷信说法,但他还是觉得,这位"佛爷"有很高的医术还是可信的。

"民间少数民族医学、植物学都是一笔宝贵的财富,我们要给以充分地重视。"蔡希陶经常这样对科技工作者说,他自己也十分注意访贤求知,发掘少数民族医学、植物学的宝贵财富。当然,在此过程中,他特别注意尊重少数民族的风俗习惯,一方面耐心、细致、诚恳地向对方讨教,另一方面,他也从不勉为其难。

这一天,他叩响了缅寺的大门,礼貌地请开门的小和尚禀报"佛爷",说他来拜访"佛爷",可否准见。

这位"佛爷"听说一位汉人来访,满心不悦。他是个心地善良,宽厚仁慈的人,每逢哪位傣家人上门求医,他都尽其所能,努力医治。但对汉人却颇有戒

——著名植物学家蔡希陶

热爱自然的大地之子

心，他永远也忘记不了，在他很小的时候，深山里闯来了一群身穿黄衣服的汉人（国民党兵），他们为非做歹，还欺凌他的老父亲。一次，那群汉人抢他家的东西，父亲不服，找他们说理，他们就把老父亲捆绑起来，一阵毒打。一想起这些，这位"佛爷"就控制不住地生出一股愤恨。

不过，略犹豫了一下，这位"佛爷"还是答应会客。作为出家人，有这种愤恨是有失气度的，于是他大大方方，很热情地出门迎接。

"这位施主，不知您到小庙来有何贵干？""佛爷"客气地问着。

"哦，打扰您了，'佛爷'。鄙人到贵寺，一来拜访长老您，二来向您讨教一些傣族医术。"

听到这，"佛爷"心头的火腾地涌上来。他心中暗想，好啊，老黄狗（他误解为汉人都是国民党军队），你果真无事不登三宝殿！当年，你们抢走我家的东西，殴打我的父亲，现在又来套我的医术，真是痴心妄想！

好一阵儿，"佛爷"没有言语。蔡希陶明白，"佛爷"不高兴了，他也明白，"佛爷"为什么不高兴了。在来寺庙前，他已了解到了"佛爷"的有关经历，因此，完全能理解"佛爷"的心情。

他笑了笑，对"佛爷"说："您如果觉得为难，我们不再谈此事了。"随后，他话锋一转，主动地谈起了佛爷那段遭遇。佛爷仍不动声色，他想看看，这个汉人葫芦里到底卖的是什么药。

蔡希陶接着又谈起了自己的经历，由此谈到了国民党，宣传了中国共产党的民族政策，告诉这位"佛爷"，中国共产党和国民党是不一样的，中国共产党从不歧视少数民族。

"佛爷"心头的疙瘩终于解开了，他才认识到，汉人、傣家人其实是一家人，是中华民族大家庭里的两个兄弟，他也深刻地认识到，自己应该把掌握的医术奉献出去，为祖国医学的发展做出一点贡献。

两个人谈了很久很久，"佛爷"深为蔡希陶的诚恳所感动，他提出要和蔡希陶交朋友，打"老庚"（傣语：结拜兄弟）。蔡希陶欣然允诺，两人喝了浓茶水，算是结拜了。蔡希陶年长，外貌文雅颇有风度，因此"佛爷"便尊称他为"老佛爷"。

结拜后，这位"佛爷"开始详细介绍他多年收集了解的傣医傣药，又破例拖着沉重的身子，把蔡希陶和随行的一位科技人员带到一个古木参天的"龙脑香"林里参观，"龙脑香"被傣族视为神树，树中之宝。这片龙脑香林约有二十多株，长得高大挺拔，高度均在四十到五十米以上。佛爷让小和尚取来铁凿和火柴，他亲自在树干上钻孔打洞，点上火，熬出树脂。他告诉蔡希陶，佛像前点的长明灯用的就是这种东西。又说，把这种树脂多熬一段时间，就能熬制成包治百病的"圣药"，这种圣药叫"龙涎香"，乃是龙吐出的唾液凝聚而成。

"佛爷"的话里带着些迷信的色彩，但蔡希陶并没有笑话他，而是既肯定了佛爷利用植物资源为民造福的事情，又耐心细致地向他宣传了科学道理。他说：

"您知道吗？这种'圣药'实际上是一种白色结晶的冰片，具有清热消炎作用，可不能包治百病！龙脑香树也不是什么神树，而是一种典型的热带植物，可以人工种植！"

龙脑香树

"佛爷"有些半信半疑，蔡希陶便进一步向他传授了龙脑香种子育苗的试验。

后来，"佛爷"进行试验，果然成功！更加深了对蔡希陶的感情，彻底改变了对汉人的认识。

缅寺之行，蔡希陶了解了有重要价值的傣家医术，也得到了"佛爷"乃至更多的傣家人的信赖，这为他探寻植物资源提供了方便，也帮助傣家人了解了共产党的民族政策。真可谓，不虚此行啊！

热爱自然的大地之子
——著名植物学家蔡希陶

烟 草

烟草是茄科一年生草本植物，烟草属大约有60多种，但真正用于制造卷烟和烟丝的，基本只有红花烟草，此外还有少部分用黄花烟草，其他品种很少用。一般来说"烟草"在台湾称为作菸草，港澳称为作烟草。

我们从现存的巴伦克寺院的阳刻像中可以看到，一僧侣施行宗教仪式时，彼头戴鹫形之冠，足踏一条蛇，背脊披以豹皮，手中持着管形之烟管，烟管之端，似起摇摇晃晃的烟火。时代变迁，风气亦异，吸烟特权不限于僧侣阶级，一般平民亦相染成习。西印度群岛及中央亚美利加土人，皆卷椰子叶作管形，装以晒干成粉之烟草，或其他芳香性植物之叶。在特别情形之下，亦用竹或苇，此为最早最原始的烟管。

为快乐而吸烟草及其他芳香性草木之风俗，自玛雅人始，渐渐扩至中央亚美利加墨西哥及西印度群岛之野蛮种族。当时称僧侣为Medici-neman，在某种场合僧侣亦称医生。因僧侣深信烟草是一种有特别治愈效力的植物。彼每以新之伤口，涂以新鲜烟叶；伤患肺疾，吸入烟草；头痛或其他疾病，一吃烟汁，均可告无恙。

　　玛雅文化在西历四七〇年至六二〇年间达到了顶峰时期。据雷丁考证，彼辈此时，都市突然发生了天变地异，化为垃墟，不得已移居于北方，或尤卡坦半岛。因而玛雅文化逐渐滋蔓，再开二度之花，数世纪后仍恢复旧时之盛。当时播迁之际，烟草之用已超出神道仪式之外了，成为了土人日常吸食之用。此时吸烟，渐渐扩至蟠居于墨西哥台地之奈布亚人，特别是此族中文化最进步的阿兹特克人。西班牙人侵入之后，以异教为由，将其全部文书烧毁，但吸烟之僧侣与军人画像犹有存者。此种画像，无论从形式或特征上言之，皆极似玛雅人。画像中之吸烟者，除用椰子叶为烟管外，亦有用竹或苇为之。无竹或苇之地，则用骨与木或粘土等物制造。此种遗物，今日于美洲密西西比亚盆地著名之墓(推定为北美土著印第安人所作，为住屋而兼墓之用的土作物)中，时有发现。类此珍奇之墓，俄亥俄山谷间，随处皆发现有最完好的原型，其中当亦埋有许多原始的烟管破片。

依上所述，北美中美之印第安人吸烟之风，似极盛行。南美除委内瑞拉等海岸国外，在西班牙侵入前，习俗如何，不得而知。总之，在纪元前一二世纪，新大陆土著已经吸烟，但旧大陆之人对于烟草，一如对于新大陆，尚无丝毫知识也。(参考黄现璠. 古书解读初探. 广西师范大学出版社，2004.7.)

目前，人们普遍认为烟草最早源于美洲。考古发现，人类尚处于原始社会时，烟草就进入到美洲居民的生活中了。那时，人们在采集食物时，无意识地摘下一片植物叶子放在嘴里咀嚼，因其具有很强的刺激性，正好起到恢复体力和提神打劲的作用，于是便经常采来咀嚼，次数多了，便成为一种嗜好。

考古学家认为，迄今发现人类使用烟草最早的证据是在墨西哥南部贾帕思州倍伦克的一座建于公元432年的神殿里一幅浮雕。它是一张半浮雕画，浮雕上画着一个叼着长烟管烟袋的玛雅人，在举行祭祖典礼时，以管吹烟和吸烟的情景，头部还用烟叶裹着。考古学家还在美国亚利桑那州北部印第安人居住过的洞穴中，发现了遗留的烟草和烟斗中吸剩的烟灰，据考证这些遗物的年代大约在公元650年左右。而有记载发现人类吸食烟草是在14世纪的萨尔瓦多。

很久以前，美洲土著人就有崇拜太阳和祭祀吸烟的习俗。一些考古分析还发现，3500年前的美洲居民便有了吸烟的习惯。随着美洲史的进一步发掘，烟草史也许会向印第安史更早的时期延伸。加上当今普遍栽种的红花烟草性喜温热，烟草源于热带美洲的观点就更具有了说服力。

烟草起源于美洲、大洋洲和南太平洋的一些岛屿。目前发现有66个种，被栽培利用的仅有2个种，即普通烟草(N.tabacum.L.)又叫红花烟草，和黄花烟草(Nrustica L.)。美洲印地安人栽培利用烟草最早。1492年10月，哥伦布率领探险队到达美洲，看到当地人在吸烟。

1536年5月，有个叫嘉蒂的探险家经过长时间的探险，重新回到美洲见证关于印第安人使用烟草的情形，他做了比哥伦布记载更加详细的记述："他们把烟草放在太阳底下晒干，而后在他们脖子上挂上一个小牛皮做的小袋子、一只中空的石头或者是木头，很像一支管子；一会儿他们高兴的时候，便把烟草揉成碎末安放在管子的一端，点上火，在另一端便用嘴深深地呼吸，使得体内完全充满了烟，直到从他们的嘴和鼻孔里冒出为止，就像烟囱里喷出来的烟一样。他们说这样做可以使他们保持温暖和健康。我们也曾经尝试过这种烟，把它放进我们嘴里，那种热辣的味儿，如同胡椒一样。"

关于最早记载印第安人是人类最早的吸食烟草的文字，当数西班牙人——潘氏所著的《个人经历谈》。潘氏叙述了他在1497年跟随哥伦布第二次航海到西印度群岛的经历，其中描述了他发现印第安人吸食烟草的情景。

　　此外，还有航海史学家裴南蒂斯·奥威图所著的1535年出版的《印第安通史》是这样记载的："在其他的邪恶的习惯里，印第安人有种特别有害的嗜好便是去吸某一种烟……，以便产生不省人事的麻醉状态。他们的酋长使用一种状如丫的管子，将有丫的两端插入鼻孔，在管子的一端装着燃烧的野草，他们用这种办法吸烟，直到失去知觉，伸着四肢躺在地上像个酒醉微睡的人一样……我很难想象他们从这种习惯里究竟获得了什么快乐，除非在吸烟之前就已经是喝了酒。"

　　1558年航海水手们将烟草种子带回葡萄牙，随后传遍欧洲。1612年，英国殖民官员约翰·罗尔夫在弗吉尼亚的詹姆斯镇大面积种植烟草，

——著名植物学家蔡希陶

热爱自然的大地之子

并开始做烟草贸易。

16世纪中叶烟草传入中国。开始传入的是晒晾烟，距今已有四百多年的种植历史。1900年在台湾试种烤烟，自1910年后相继在山东、河南、安徽、辽宁等地试种烤烟成功，1937年~1940年开始在四川、贵州和云南试种，发展成为我国主产优质烟区。20世纪50年代引进香料烟，20世纪60年代引进白肋烟，分别在浙江新昌、湖北建始试种成功。黄花烟约在200年前由俄罗斯传入我国北部地区种植。

病 中 寻 药

　　长年累月地劳作，蔡希陶的身体日渐衰弱，可他仍支撑着，支撑着，他要在有生之年为祖国的植物学发展多做出一份贡献！

　　可他太累了，1974年的一天，正在野外采集标本，他突然晕了过去。整整抢救了两天，他才慢慢醒转过来。经检查，他患了脑血管痉挛症。

　　"为什么不早带你父亲到医院检查？六十多岁的人了，应该定期检查身体，可你们耽误了病情！"医生责怪着护送蔡希陶到医院的两个年轻人，原来医生以为他们是父子关系呢。

　　两位年轻人苦笑了一下。蔡师母已过世了，蔡老师的儿女都不在身边工作，我们有责任啊！

　　可是，谁又能阻挡了他的工作呢？蔡希陶心目中除了工作还是工作，他从来没有把自己的病痛放在心上。当年在北平静生生物调查所读书的时候，他刻苦学习，勇于思考，被老师、同学称为"学狂"，如今，又成了工作狂。难道他不想好好休息休息吗？难道他不想和儿女好好呆几天吗？他想，是的，他也想轻松轻松！可是，他更希望，在有生之年，多做点有意义的事。

听说父亲病了，蔡希陶的儿子君葵赶紧从外地来看望。君葵一向理解和支持父亲的工作，可父亲年纪大了，工作起来又不知道照顾自己，他总是担心父亲哪一天会病倒。他知道，父亲身边的同志会照顾他，可态度和蔼的父亲一工作起来，谁的话也听不进去。到底是病倒了，君葵的心头一阵阵地发酸。

"我好好的，你跑到这来干什么？为什么不去干你的工作？赶紧回去。"慈祥的父亲严厉起来。

就这样，没过几天，刚刚能起床，蔡希陶又挺着去工作了。

有一天，他突然听到周总理患了癌症，叶剑英同志着急地打听治癌药物的消息，他的心不由阵阵作痛。他永远难忘1961年4月14日那日子，那天，周总理会见了他，指出了乱砍乱伐的危害性，对植物学家寄予了厚望，期望他们，一定要解决好合理开垦，保护自然资源的问题。一想起总理那亲切的面容，谆谆的教导，不由流出眼泪。

年轻古稀的蔡希陶一心想着，如何才能治好总理的病，于是，他连夜带着美登素，赶到思茅，准备乘飞机把美登素和有关资料尽快送到北京。美登素是从美登木中提取出来的，这是蔡希陶当时正研究的一种

植物。这种植物具有较好的抗癌药性，并具有消炎、止痛等功效。

药，终于送到了，可已经太晚了，1976年1月8日，人民的好总理去世了，蔡希陶不禁老泪纵横。

他要不负总理的厚望！他要化悲痛为力量！他要更加勤恳地工作！

他的身体状况也越来越差，组织上要专门派人照顾他，他说什么也不肯。后来，同宿舍的小杜就承担起了照顾他的任务。这个任务实在难以完成，蔡希陶什么事都自己干，尽量不去麻烦小杜，相反，还经常向小杜问寒问暖的。更难办的是，蔡希陶不顾经常性的头昏，每天晚上都坚持到办公室、实验室工作，小杜劝不住他。有时候走路实在困难，他才不去实验室，可是，却在宿舍里工作到很晚。有一次，他又查资料又写文章，直到后半夜还不停止工作。小杜觉得他脸色越来越不对劲，就急忙请来了医生。医生呆住了，他简直难以相信，蔡老竟然能在血压升高和发高烧的身体状况下，专心致志地工作，这需要多么坚强的毅力啊！

脑血管痉挛又一次发作，经过多方抢救才得以缓解。这一天，他刚刚醒转过来，就对守在身边的女儿说："仲明，我还有件事没做完。《中国植物志》的编写工作，我负责姜科，可不能因为咱个人的生病，耽误了那部书的出版啊！"

"爸，您身体能行吗？"仲明明白，父亲的身体不容许他再工作。

"去，仲明，帮爸爸联系吧！"

仲明忍住眼泪，只得代父亲联系。于是，白色的病房也成了工作室，蔡希陶认真仔细地查看每一份标本、每一份资料、每一幅绘图……，就在病房里，完成了编写工作。

身体刚刚恢复，他又坚持往实验室跑，往办公室跑，甚至去野外工作。

血竭是长期依靠进口的珍贵药材。蔡希陶相信，在富饶的西双版纳，应该能找到生产血竭的植物，他决心填补这个空白！他记得以前在孟连考察时，有一种龙血树，或许这就是血竭的原本植物吧！他抱着带病的身体，带了一考察组匆匆赶到了孟连。

这时，蔡希陶的儿子君葵正好在孟连工作，看到父亲来了，他非常高兴。当然，他也知道，父亲不会是专程来看他的，一定是有事儿。

热爱自然的大地之子
——著名植物学家蔡希陶

"爸，您休息一会儿，喝杯水。"君葵说道。

"君葵，你知道这里有血竭树吗？在哪里？"蔡希陶却没理会儿子的请求，顺着自己的思路，问了一句。

君葵太了解他的父亲了，他明白，父亲要是见不到血竭树，喝水都不会安心的。他没再多说什么，领着父亲和科技人员直奔生长龙血树的地方，采集了标本。随后，又马不停蹄，去几百里外的一个地方考察，寻到了另一大片龙血树。他们不辞辛苦，搬回了两百多株苗木，又从三颗大的龙血树上，采集了几十斤树脂。

化验工作开始了，大家紧张地等待着，期望着。倘若结果如预料的那样，果真是生产血竭的植物，那

么我国再也不用从国外花高价进口这种药材了！

天啊，果然是血竭，而且是上等的血竭！蔡希陶那疲惫的脸上露出了欣慰的笑容。

可他太累了，身体状况越来越差，但他工作起来仍是没日没夜的，大家也就对他更加放心不下。党委会上，每一个人都给他提意见，说他不照顾自己身体，组织上于是决定，"停止"他的工作，让他安心养病。

"不行，我不能接受这个决定。"他发火了。

商议来，商议去，大家决定，可以让蔡老工作，但绝不容许去野外工作。

"我是搞植物的，怎么能不到野外去？不让我下去就是不让我工作。"

谁也阻止不了他。

1976年11月，病刚好，他到金沙江河谷考察美登木资源。

1977年6月，他又来到了云南西部。他似乎预感到自己的时间已不多了，完全不考虑自己的身体，一心只想着工作、工作！

在云南西部的保山县，他连续发了几天高烧，可他仍坚持亲自上山调查植物资源情况。随后，又继续西行。

到了云南的瑞丽，他再也支撑不住了。这天，他

热爱自然的大地之子
——著名植物学家蔡希陶

刚刚和科技人员帮助当地居民种上一种叫做团花木的植物，突然，只觉得眼前一黑，就失去了知觉。他的脑血管痉挛病又犯了，这一次，病来得更猛烈，他口眼歪斜，口水失禁，昏迷了二天三夜。

"醒了，醒了！"大家也等了他二天三夜。

"蔡老，您觉得怎么样？"一位同事轻声地问着。

"瞧，你们个个眼睛都红红的，怎么搞的嘛！不要担心我，我只是打了个盹。"蔡希陶强打精神，却努力做出一副轻松的样子。他是个坚强的人，他也不希望同志们为他分心。

说着，他挺着要坐起来，可努力了几下，也没能坐起来，护士忙上前阻止。

"蔡老，您要好好休息。"护士坚决地说。

"不要紧的，你们别担心我！怎么，为什么都愁眉苦脸的？"蔡希陶极力安慰大家。

然而，只一小会儿，他又昏了过去。

前后整整抢救了九天九夜，蔡希陶才暂时脱离危险期。

"蔡老，组织上已做好决定，您必须回昆明进行治疗。"

"不，我不能回去，请原谅我不能接受这个决定。"蔡希陶坚决地回答，随后，他又接着说："我到这里是帮助推广团花木的，可团花木还未出苗，我怎么能走？"

团花木的种苗终于长了出来，蔡希陶这才放下心来，返回了昆明。

1981年1月25日，蔡希陶用颤抖的手，写完了《推广双季栽培，发掘水稻潜力，增加水稻产量的建议》这一报告。谁也没有料到，这即成了他的绝笔。

1981年2月9日，他的病情又加重了，一直处于昏迷状态，即使是醒来，也丧失了说话的能力。3月9日，蔡希陶睡下了，从此，再也没有起来……

他去世的消息不胫而走，传遍了昆明植物研究所，传遍了小勐仑葫芦岛，传到了西双版纳的各族群众之

——著名植物学家蔡希陶

热爱自然的大地之子

中，人们无不落泪，无不悲痛！一束束鲜花，一个花圈堆在蔡希陶的墓前，一队又一队的人来到他的墓前。

"蔡希陶对我们边疆，对边疆各族人民怀着挚爱之情，为发展边疆的农业生产、保护西双版纳特有的生态环境作出了巨大的贡献，我们傣族人民永远忘不了他！"这是西双版纳傣族自治州州长的评价。

"双手劈开葫芦岛

罗梭如带绕

撒下奇花异果千种

边疆桃源好！

借问葫芦里出的什么药？

不平常的淀粉

药材

油料——

愿人民长寿不老！"

这是一位著名诗人给蔡希陶的赠诗。

"六十七岁不服老，

鸡足山上把药找，

不是明代李时珍。

正是专家蔡希陶。"

这是一位普通汽车司机的赞许。

他，一生探索，一生奉献；他追求科学，追求光明；他爱人民，爱云南这片富饶而又贫瘠的土地……

他的艰苦创业和无限奉献的精神，将永远激励着千千万万的人为祖国的科学事业奋斗、献身！

橡 胶 树

橡胶一词，来源于印第安语cau-uchu，意为"流泪的树"。制作橡胶的主要原料是天然橡胶，天然橡胶就是由橡胶树割胶时流出的胶乳经凝固及干燥而制得的。橡胶树，常绿落叶乔木，茎皮部富含胶乳。直根系，三出复叶，互生，叶柄长，顶端通常具3腺体，小叶椭圆形至倒卵形，革质无毛，侧脉和网脉明显，春季开绿色小花，单性，雌雄同株。由多个聚伞花序组成腋生的圆锥花序，每聚伞花序的中央花为雌花，其余为雄花。蒴果大，球形，成熟时分裂成3果瓣；种子大。橡胶树喜高温、高湿、静风和肥沃土壤，要求年平均温度26℃～27℃，在20℃～30℃范围内都能正常生长和产胶，不耐寒，在温度5℃以下即受冻害。要求年平均降水量1 550mm～2 500mm，但不宜在低湿的地方栽植。适于土层深厚、肥沃而湿润、排水良好的酸性砂壤土生长。浅根性，枝条较脆弱，对风的适应能力较差，易受风寒并降低产胶量。 一般每年开花两次，3月~4月为主花期，称春花，开花最多，5月~7月第二次开花，称夏花。也有在8月~9月第三次开花的。分别结成秋果和冬果。花粉粒长球形或扁球形，具3沟，沟长而阔，具沟盖；外壁两层，外层较厚，表面具细致的网状雕纹，网眼圆，大小较一致，轮廓线不平。染色体基数x=9。种子易丧失发芽力，宜随采随播。种子繁殖或芽接繁殖。栽植6年~8年即可割取胶液，实生树的经济寿命为35年~40年，芽接树为15年~20年，生长寿命约60年。我国植胶区主要分布于海南、广东、广西、福建、云南。

橡胶树原产于巴西亚马逊河流域马拉岳西部地区，主产巴西，其次是秘鲁、哥伦比亚、厄瓜多尔、圭亚那、委内瑞拉和玻利维亚。现已布及亚洲、非洲、大洋洲、拉丁美洲40多个国家和地区。种植面积较大的国家有：印度尼西亚、泰国、马来西亚、中国、印度、越南、

——著名植物学家蔡希陶

热爱自然的大地之子

尼日利亚、巴西、斯里兰卡、利比里亚等。我国植胶区主要分布于海南、广东、广西、福建、云南，此外台湾也可种植，其中海南为主要植胶区。三十多个国家的热带地区引种栽培，而以东南亚各国栽培最广，产胶最多。马来西亚、印度尼西亚、泰国、斯里兰卡和印度等5个国家的植胶面积和产胶量占世界的90%。主要分布于南北纬10°内，分布北界为中国云南盈江县，达到24°24′～25°20′。

中国早自1904年以来，分别引进到云南、广西、广东、福建和台湾等地海拔在500m以下的平地、台地或山丘栽培，但在某些高原区，把橡胶树种植在海拔700m～1 000m高处，如能加强管理，也能生长良好，产胶正常。

电视剧《大地之子——蔡希陶的故事》

2001年获得"五个一工程"奖的18集电视连续剧《大地之子——蔡希陶的故事》，是我国著名植物学家蔡希陶先生颇具戏剧性和传奇色彩的生活写照，更是一部涵盖了五十年云南植物学史，以及为之而奋斗终身的人们的历史长卷。

本片讲述了植物学家蔡希陶先生从1921年15岁时起一直到1981年71岁病逝的长达50年的生活写照，真实的描写了蔡希陶先生为植物学、为国家、为人民做出的无数贡献和一生中的坎坷经历。

剧情简介

本片选取了蔡希陶一生中具有传奇色彩和戏剧性的一些生活片断：其中讲述了20岁的蔡希陶为了开发云南植物学，放弃进入大学深造的机会，毅然只身前往云南采集植物标本。一路上他看到了云南的风土人情，看到了边境地区人民生活的贫苦和落后，这更加坚定了他要用科学使这片土地富饶起来的决心。为了采集标本，他冒险进入巴布彝山与彝人周旋，为了采集标本，他冒着感染病毒的危险给哈尼族老乡治病。一切的努力使他带着云南的珍贵植物标本资料回到了北平。然而他并没有就此告别云南，抗日战争爆发后，他带着自己的妻子来到了云南，用自己的一双手建立起了云南植物研究所，并继续着对植物的研究和开发。在这期间，他发现烟草对云南人民生活的改善有很大作用，便开始了对烟草的培育、试验工作。新中国成立后，为了支援抗美援朝，要大力开展橡胶种植。蔡希陶凭借着自己丰富的经验和实地考察的结果，不顾中外专家的反对，坚持在西双版纳种植橡胶并获得成功。为了开发云南的植物学，他于1958年进入葫芦岛，在一片原始森林中建立起了云南热带植物园。"文革"

中，蔡希陶遭到批判和迫害，但他热爱植物学的心并没有改变。他压抑着自己心中的悲愤，期待着重见天日那一天。"四人帮"粉碎后，他又回到了自己的工作岗位，继续着自己的工作。

1981年3月9日，这位一生投身于植物学的老人终于告别了我们，走进了无边的绿野，远去了。

本片中既有蔡希陶工作的场面，也有他与妻子、儿女温情缠绵的情景，既有男欢女爱的真情，也有同心工作的真挚友情。使人感到蔡希陶并不是一个距离我们很远的伟人，而就是生活在我们身边的一个普通人，只是他不停地在为着自己的理想和事业不断追求与奋斗，而这也正是本片想要给人们的一点启迪。

热爱自然的大地之子
——著名植物学家蔡希陶

中华魂·百部爱国故事丛书
提　要

《誓与禁烟相始终——民族英雄林则徐》

　　林则徐严禁鸦片，坚决抵抗西方列强的侵略，坚持维护国家主权和民族利益。他是中国近代历史上第一位睁眼看世界的人，是抗击帝国主义殖民侵略的第一人，是中华民族抵御外侮过程中伟大的民族英雄。

《血洒虎门御敌寇——抗英将军关天培》

　　民族英雄关天培，在第一次鸦片战争中为了抗击英国侵略者的入侵而血洒虎门，为国捐躯，谱写了一曲可歌可泣的英雄赞歌。关天培用他的生命，书写了中国人民反抗外侮的历史。

《威震镇海靖节魂——抗敌英雄裕谦》

　　在第一次鸦片战争期间的众多牺牲者中，有一位官阶最高，他就是两江总督裕谦。裕谦与外国侵略者斗争立场坚定，与国内妥协派、投降派斗争态度坚决。裕谦督战镇海，与英国侵略军浴血奋战，临危不惧，以身报国，浩气长存。

《斩邪留正解民悬——太平天国领袖洪秀全》

　　农民出身的洪秀全，从失意文人到起义领袖，经历了长期的思想演变过程，在外敌入侵、清朝政府腐朽的历史环境之下，顺应时代的潮流，成长为一位非凡的历史英雄人物，建立了与清朝政府相抗衡的农民政权——太平天国。

《仰承汉唐　荟萃中外——近代数学家李善兰》

李善兰是我国19世纪重要的科学家之一，在数学、天文学、力学等方面都有重大建树。他继承了我国古代数学的成就，又以极大的热情传播西方科学文化，“仰承汉唐，荟萃中外”，把自己的一生献给了科学事业。

《严谨治学　勇于探索——近代著名数学家华蘅芳》

华蘅芳，中国近代数学家之一。其精通中国古算学，并熟练掌握西方近代数学，是中国验证抛物线并著书立说的参与者。为了证明“外国有的，中国也能造”而鞠躬尽瘁，在引进西方科学技术、传播科学知识上贡献卓著。

《折冲樽俎护山河——近代著名外交家曾纪泽》

曾纪泽是中国近代史上著名的爱国外交家，在中俄伊犁交涉事件中，他秉承抵抗列强、保卫国家的坚定意志，利用外交手段全力同沙俄抗争，捍卫了国家主权、民族尊严，收回了祖国的领土，在近代中国外交史上留下了光辉的一页。

《甲午海战留英名——民族英雄邓世昌》

邓世昌，北洋水师名将。本书以邓世昌的成长过程为线索，以代表性的历史故事为主要内容，还原真实的历史事件，突出鲜明的人物性格。邓世昌因在中日甲午海战中突出的英雄气概而名垂史册，书写了伟大的爱国主义篇章。

《誓与舰队共存亡——北洋水师提督丁汝昌》

丁汝昌处在清朝政府的腐朽和李鸿章的专断下，难以施展爱国的抱负，壮志未酬，愤恨而终。但丁汝昌为建立近代海军作出的巨大贡献，带领北洋舰队爱国官兵勇抗强敌的英雄事迹，将永远为后代所传颂。

《镇南关上凯歌扬——抗法老英雄冯子材》

1885年中法战争中，年逾古稀的冯子材为抵御外国侵略，勇赴国难，大败法军于镇南关，并乘胜追击，接连收复文渊、谅山等地，从根本上扭转了中法战争的局面，成为近代民族英雄的杰出代表。

《屡败法军逞英豪——黑旗军将领刘永福》

刘永福是黑旗军的创建者，是农民出身的杰出军事家、政治活动家。在19世纪发生的援越抗法、中法战争中，他率部与帝国主义侵略者进行了殊死的战斗，建立了卓越的功勋，成为我国近代史上著名的民族英雄，为后世所景仰。

《矢志变法强国家——戊戌变法领袖康有为》

康有为是清末民初最有影响力的思想家之一。他领导了中国知识界的启蒙运动，掀起了一场自上而下的政体改革。他最早在中国提出了立宪政体和具体的宪政方案，主张在坚持儒家传统和帝制的前提下，学习西方经验，他的进步思想对近代中国具有深远的影响。

《开民智以报国　普新知而图强——戊戌变法思想家梁启超》

梁启超，中国近代史上著名的政治活动家、启蒙思想家、史学家、文学家，戊戌变法领袖之一。本书以百日维新思想家梁启超的成长过程为线索，以代表性的历史故事为主要内容，还原真实的历史事件，突出鲜明的人物性格。

《我自横刀向天笑——维新志士谭嗣同》

谭嗣同在民族危机的严重时刻，投身改革救中国的洪流。为了带给祖国一个光明的未来，紧要关头，他挺身而出，用自己的鲜血激励后人，把宝贵的生命献给了变法事业。

《睡乡敢遣警世钟——用生命警策国人的陈天华》

陈天华是民主革命的活动家和宣传家。他写的《猛回头》《警世钟》等书，起到了革命启蒙的重大作用。为了激发留日学生的爱国情怀，他不惜投海自杀，演出了近代史上感人至深的一幕，给后人留下了难忘的印象。

《革命军中马前卒——民主斗士邹容》

革命乃"至尊极高，独一无二，伟大绝伦之一目的"；它是"天演之公例，世界之公理，顺乎天而应乎人"的伟大行动。因此，必须"仗义群兴革命军"。他激情高呼："革命独子万岁！中华共和国万岁！"这就是《革命军》的作者，中国近代著名资产阶级革命宣传家邹容。

《休言女子非英物——鉴湖女侠秋瑾》

为民族解放和妇女解放而英勇斗争的秋瑾，冲破封建礼教的思想牢笼，打碎封建精神枷锁，崇仰真理，追求光明，主张共和，坚持男女平等，最终献出了自己年轻的生命。

《血溅校场　杀身成仁——民主斗士徐锡麟》

本书讲述了反清志士徐锡麟弃文从武、投身反清革命事业，最终被清政府杀害的故事。出于对国家的热爱，徐锡麟献出自己的生命，他的事迹将永远激励后人深切缅怀这位民主革命的先驱。

《生可死耳　我志长存——献身民主的禹之谟》

禹之谟，民主革命党人，同盟会会员，近代资产阶级革命家、实业家。1886年，20岁的禹之谟"提三尺剑，挟一卷书"游历四方，研究西方社会政治学说，忧国忧民之心日趋强烈。戊戌变法失败，他丢掉改良幻想，倡革命救亡之说，走上民主革命道路。

《物竞天择　适者生存——资产阶级启蒙思想家严复》

严复是中国近代著名的启蒙思想家、翻译家和教育家。他长期从事教育和翻译事业，为近代中国人才培养和思想启蒙做出了重要贡献，同时他也为中国的翻译事业和中西思想文化交流做出了重要贡献。

《辛亥革命急先锋——资产阶级革命家黄兴》

黄兴，清末民初资产阶级革命家，中华民国开国元勋。黄兴在武昌首义及辛亥革命时期的爱国表现，与孙中山闻名于当时，常被时人以"孙黄"并称。本书以资产阶级革命活动实干家黄兴的成长过程为线索，歌颂了先辈伟大的爱国主义精神。

《矢志革命　百折不回——近代民主革命家廖仲恺》

廖仲恺追随孙中山踏上了创立民国与捍卫共和制的旧民主主义革命

之路；在新民主主义革命时期，他为建立、巩固首次国共合作和实施三大政策，英勇奋斗，为国殉职，洒尽了一腔热血。

《将军拔剑南天起——护国英雄蔡锷》

蔡锷是中国近代史上的杰出军事家、爱国者。他的一生短暂而伟大。辛亥革命爆发，他毅然投身于革命洪流之中，领导云南重九起义，对武昌起义积极响应。袁世凯窃国复辟、恢复帝制的阴谋暴露出来以后，他又毅然举起了武装讨袁的旗帜。

《反帝反封建运动——五四青年的爱国故事》

五四运动是一次伟大的反帝反封建的爱国运动；是一个伟大的历史转折点；是中国人民的斗争从挫折走向胜利的一个关节点，它为中国的前进开辟了一条全新的道路，拉开了中国新民主主义革命的序幕。

《思想自由　兼容并包——著名教育家蔡元培》

蔡元培是中国近现代著名的民主革命家和教育家，一生经历风雨，却始终信守爱国和民主的政治理念，致力于废除封建主义的教育制度，奠定了我国新式教育制度的基础，为我国教育、文化、科学事业的发展做出了富有开创性的贡献。

《为国家争光　为民族争气——中国铁路之父詹天佑》

詹天佑是我国最早的杰出铁道工程师，因主持建造京张铁路而闻名中外，被誉为"中国铁路之父"。他为祖国的铁路事业贡献了毕生的精力。本书向读者展示了詹天佑热爱祖国、科技兴国的辉煌人生。

《实业救国　衣被天下——轻工之父张謇》

张謇是爱国实业家、教育家。他年轻时中过状元。过了40岁，开始投身工商实业活动中，他的名言是"富民强国之本在于工"。在南通，创办大生丝厂、银行等各种实业。并将创办实业的大部分所得投入教育。他的观点是，教育和实业一样，也是"富强之大本"。

《心向革命　追求光明——平民将军冯玉祥》

冯玉祥将军"是一位从旧军人转变而成的坚定的民主主义战士"。

抗日战争期间，他辗转各地，用实际行动积极抗战。日本战败投降后，他为了断绝美国的援蒋内战，又在美国四处演说，揭露蒋介石统治之黑暗，痛斥美国阴谋分裂中国的不良行为。

《刑场上的婚礼——革命烈士周文雍　陈铁军》

周文雍是广州起义的主要领导人之一。陈铁军出身于华侨商人家庭，却毅然投身革命洪流。1928年1月，两人接受派遣，回到广州假扮夫妻从事革命斗争，却不幸被捕。临刑前，两位烈士将敌人的枪声当作自己婚礼的礼炮，用生命和爱情谱写出一曲千古绝唱。

《星星之火　可以燎原——井冈山斗争的故事》

1927—1929年，毛泽东、朱德等老一辈革命家，在井冈山创建了农村革命根据地，进行了艰苦卓绝的斗争，建立了新型革命武装，点燃了工农武装革命之火，找到了农村包围城市最后夺取政权的中国革命的正确道路。

《新民学会的主要发起人——中国共产党早期革命家蔡和森》

蔡和森青年时期曾与毛泽东等人一起组织进步团体新民学会，参加五四运动，并在赴法国勤工俭学时研读大量马克思主义著作，回国后以满腔热忱投身革命事业，成为中国共产党早期重要的理论家和宣传家。

《威震黄浦江畔　高奏抗日壮歌——一·二八淞沪抗战》

面对日本侵略者的挑衅，十九路军在蒋光鼐、蔡廷锴的带领下，高举义旗，奋力一搏。一·二八淞沪抗战，是中国军人捍卫军人荣誉和祖国尊严所发出的吼声，谱写了一曲抗击日军侵略的英雄壮歌。

《将军恨不抗日死——慷慨就义的吉鸿昌》

在国难深重的20世纪30年代，吉鸿昌将军因拒绝执行国民党指示，坚决不打内战，被迫携眷出国"考察"。回国后，他加入中国共产党，组织了民众抗日同盟军，英勇打击日本侵略者，后于1934年11月被国民党反动派杀害。

热爱自然的大地之子
——著名植物学家蔡希陶

《献身革命　甘于清贫——梅岭忠魂方志敏》

　　大革命失败后，方志敏凭着"两条半步枪"起家，身经百战，创建了赣东北革命根据地和红十军。本书真实记录了方志敏投身于革命、领导红军和敌人进行艰苦卓绝斗争的经历，歌颂了烈士贫贱不移、威武不屈、献身革命的高尚品质。

《奏响中华最强音——人民音乐家聂耳》

　　聂耳在他有限的生命中创作了数十首革命歌曲，在抗日救亡运动中，聂耳的这些歌曲产生了广泛深远的影响。他的音乐创作为中国无产阶级革命音乐的发展指明了方向，树立了榜样。

《横眉冷对千夫指——中国文化革命主将鲁迅》

　　鲁迅不但是伟大的文学家，而且是伟大的思想家和伟大的革命家。在那风雨如晦的黑暗年代里，他以笔为投枪，同一切帝国主义和反动派进行了顽强的战斗，为中国人民树立了一个不朽的丰碑。他是新文化战线上的一面光辉旗帜，是我们伟大民族的灵魂。

《铁流两万五千里——红军长征的故事》

　　红军长征是人类历史上的一次伟大的壮举。第五次反"围剿"失败后，中国工农红军的三大主力在极端艰难的条件下，突破国民党军队的围追堵截，进行了史无前例的战略大转移，总行程达两万五千里以上。途中发生了许多动人故事，至今令人难以忘怀。

《荣辱不移革命志——创建陕北红军的刘志丹》

　　刘志丹是杰出的无产阶级革命家、军事家，西北红军和西北革命根据地的主要创始人之一。他一生热爱人民，追求真理，英勇善战，百折不挠，艰苦奋斗，忠心赤胆，为创建红军和革命根据地、为中国人民的解放事业建立了不可磨灭的功勋。

《英名永存北平城——爱国将领佟麟阁　赵登禹》

　　1937年7月28日，日军向北平郊区发动进攻。第二十九军副军长佟麟阁奉命在南苑率部与日军苦战，腿部受伤，头部被敌机炸伤，壮烈殉国。第一三二师师长赵登禹指挥部队顽强抵抗日军，右臂中弹负伤，仍继续作战。后在转移途中遭日军截击而牺牲。

《八百壮士　四行仓库铸军魂——谢晋元和他的战友们》

八一三抗战，中国军人以血肉之躯揭开全面抗战的帷幕。这是一场血战，是中国军人不屈不挠的英雄诗篇，其中的八百壮士守四行，成为这首英雄颂歌中最动人、最凄美的音符。一曲四行保卫战，铸就了不屈的军魂。

《八女投江　气贯长虹——八位抗联女战士》

抗日战争时期，以冷云为首的东北抗日联军8名女战士，为捍卫民族尊严，面对凶残的日寇，镇定自若，宁死不屈，投江殉国，表现了中华民族同敌人血战到底的英雄气概。她们的光辉形象，激励着千千万万的后来人。

《艰苦抗战　威震敌胆——著名抗日英雄杨靖宇》

杨靖宇将军是我国著名的抗日民族英雄。曾先后担任磐石游击队政治委员、东北抗日联军第一军军长兼政委、抗日联军总司令等职。领导军民对日寇坚持了长达9个年头的艰苦卓绝的斗争，最终以身殉国。

《死也不当亡国奴——镜泊抗日英雄陈翰章》

陈翰章，从1932年8月投笔从戎，直到1940年12月8日为抗击日本侵略者，战死在镜泊湖畔。他在抗日疆场上奋战了九年，他那可歌可泣的英雄事迹将为人们永世传颂。

《名将殉国　气壮山河——抗日将军张自忠》

著名抗日将领、民族英雄张自忠，生于忧患的时代，抱有"宁为百夫长，胜作一书生"的志向，经历过失败与低谷，最终成就了慷慨人生。本书主要以人物活动为主，勾画出一个真正的"民族魂"鲜活的人生，会带给读者振奋的力量。

《宁死不辱战士名——狼牙山五壮士》

1941年日寇在河北易县"扫荡"。为掩护群众和主力部队撤退，五

热爱自然的大地之子

——著名植物学家蔡希陶

位八路军战士毅然把敌人引上了狼牙山棋盘坨峰顶绝路。弹尽粮绝、无路可退，五位英雄纵身跳下了万丈悬崖，用生命和鲜血谱写出一曲惊天地泣鬼神的壮举。

《太行浩气传千古——抗日名将左权》

左权，中国工农红军和八路军高级指挥员，著名军事家。是八路军在抗日战场上牺牲的最高指挥员。名将阵亡，太行山为之垂首，全党为之悲痛。周恩来称他"足以为党之模范"，朱德赞誉他是"中国军事界不可多得的人才"。

《虎将兴关外　抗倭统雄师——抗联英雄赵尚志》

本书描写了久经考验的共产党员、东北抗联的创建者和主要领导人赵尚志，在艰苦卓绝的条件下，坚持抗战，威震敌胆，战功卓著，忍辱负重，忠贞不屈，为国捐躯的英雄故事，为青少年读者呈上一部爱国主义的佳作。

《黄埔之英　民族之雄——抗日名将戴安澜》

抗日名将戴安澜，先后参加保定、漕河、台儿庄、武汉、昆仑关等战役，作战英勇，屡建奇功；入缅作战，"扬威国外，藉伸正义"；守东瓜，复棠吉；殒身缅北，遗恨丛林，马革裹尸，成就了光辉的一生。

《爱国志士　民主先锋——新闻出版家邹韬奋》

本书讲述了邹韬奋献身新闻出版事业的奋斗历程，展现了一位新闻工作者坚定的革命信念和炽热的爱国主义精神，全心全意为人民服务、为读者服务的奉献精神，歌颂了他的高尚情操和优良品质。

《为抗战发出怒吼——人民音乐家冼星海》

人民音乐家冼星海，青年时期在巴黎求学，饱尝屈辱与磨难；学成后毅然回到多灾多难的祖国，用满腔热忱谱写激昂的音乐，鼓舞中华儿女的斗志；奔赴延安，谱写出不朽的名作《黄河大合唱》，发出中华民族抗日救亡的怒吼。

《全民皆兵　抗击日寇——抗日战争的故事》

中国人民进行的十四年抗战，是一百多年来中国人民反对外敌人侵第一次取得完全胜利的民族解放战争。这场战争是以国共两党合作为基础，有社会各界、各族人民、各民主党派、抗日团体、社会各阶层爱国人士和海外侨胞广泛参加的全民族抗战。

《捧着一颗心来　不带半根草去——人民教育家陶行知》

陶行知是我国现代教育史上伟大的人民教育家、教育思想家。他从青年起就立志献身教育事业，以"捧着一颗心来，不带半根草去"的赤子之心，为人民的教育事业鞠躬尽瘁。

《为民主与和平拍案而起——民主斗士闻一多》

闻一多早年与梁实秋等人发起成立清华文学社。赴美留学期间由对祖国的深深眷恋而创作著名的《七子之歌》。后在西南联大任教8年，积极投身于抗日运动和争取民主的斗争，发表了著名的《最后一次讲演》。

《铁窗难锁钢铁心——革命先烈王若飞》

王若飞是我党早期杰出的无产阶级革命家。在艰苦卓绝的斗争中，他出生入死，屡建奇功，以超人的睿智和胆略，在敌人的监狱中，同敌人展开了殊死的较量，为抗战的胜利和新中国的诞生做出了卓越的贡献。

《横扫千军　还我河山——抗联名将李兆麟》

李兆麟是东北抗日联军创建人之一，他率领抗日联军历尽千难万险与日本侵略者浴血奋战，在极其艰苦的条件下，保存了抗日联军的有生力量，为东北光复做出了重大贡献。

《锄头开出新天地——解放区大生产运动》

为了解决困难，渡过难关，党中央号召党政军民齐动手，开展大生产运动。中国共产党在其控制区域内发动的一场军队屯田和鼓励生产的群众运动，达到了自己动手丰衣足食，共度难关，既进行革命又进行生产自足的目的。

热爱自然的大地之子
——著名植物学家蔡希陶

《生的伟大 死的光荣——女英雄刘胡兰》

刘胡兰，坚贞不屈的少年女英雄。生前对我国劳动人民的解放事业无限忠诚，在敌人威胁面前，大义凛然，毫无惧色，英勇牺牲，表现了共产党员的高贵品质。

《饿死不领美国救济粮——爱国知识分子的楷模朱自清》

朱自清作为爱国知识分子的典型，以锐利的笔锋直言痛斥反动政府的暴行，体现了他崇高的爱国情怀和不畏恶势力的精神品格。毛泽东曾给朱自清先生以高度评价："一身重病，宁可饿死，不领美国的'救济粮'"，"表现了我们民族的英雄气概"。

《为了新中国前进——舍身炸碉堡的董存瑞》

伟大的英雄，中国人民的儿子董存瑞，从儿童团长成长为一名光荣的解放军战士，在1948年解放隆化县城时，舍身炸碉堡，为新中国献出了自己年轻的生命。他的英雄形象永远留在人民心里。

《宁死不屈的共产党员——革命烈士江竹筠》

江竹筠，就是著名的江姐。1947年春，她负责《挺进报》工作，只几个月的时间，报纸就发行到1600多份，引起了敌人的极大恐慌。由于叛徒出卖，江姐不幸被捕，惨遭毒刑的残酷折磨，仍坚贞不屈。最后被特务秘密枪杀，年仅29岁。

《抗美援朝 保家卫国——志愿军的战斗故事》

抗美援朝战争是中国人民志愿军为援助朝鲜人民、保卫祖国安全，与美国为首的"联合国军"发生的战争。在朝鲜牺牲的志愿军烈士们，他们英勇的战斗事迹、保家卫国的精神值得我们发扬光大。

《上甘岭上壮烈歌——黄继光和他的战友们》

在1952年10月的上甘岭战役中，黄继光和他的战友们在零号阵地半山腰被敌机枪火力点压制，此时，黄继光身上已经多处负伤，手雷也已全部用光。为了完成任务，减少战友的伤亡，他用自己的胸膛堵住正在扫射的敌机枪射孔，为反击部队扫清了前进的道路。

《诗书印画 全入神品——国画大师齐白石》

齐白石出身贫寒，做过农活，当过木匠，后改学雕花木工，从民间画工入手，摹古人真迹，学诗文书法，融汇古今，而诗、书、印、画俱佳；他将中国画的精神与时代的精神统一得完美无瑕，使中国画得到国际的重视，无愧于"国画大师"的称号。

《毕生为文化而奋斗——中国第一出版家张元济》

张元济参与、主持和督导商务印书馆近六十年，使其从简单的印刷企业转变为当时中国教育出版的旗帜。张元济一生爱书，在中华大地动荡不安的年代里，他用自己对文化的热爱，续存着中华民族灿烂悠久的文明之光。

《独树一帜 梨园大师——著名京剧表演艺术家梅兰芳》

梅兰芳，京剧大师，演唱风格独树一帜，世称"梅派"。曾先后赴日本、美国、苏联演出，并荣获美国波摩那学院和南加州大学的荣誉文学博士学位。作为一位爱国者，抗战期间蓄须明志，拒绝为日本人演出，为后世称颂。

《华侨旗帜 民族光辉——爱国侨领陈嘉庚》

陈嘉庚是著名的爱国华侨领袖、企业家、教育家、慈善家、社会活动家。他为辛亥革命、民族教育、抗日战争、解放战争、新中国的建设做出了卓越的贡献。生前被毛泽东誉为"华侨旗帜、民族光辉"。

《向雷锋同志学习——伟大的共产主义战士雷锋》

雷锋，一个平凡而伟大的共产主义战士，一心向着党，一生秉承着全心全意为人民服务、无私奉献的崇高思想；发扬刻苦学习和钻研理论的"钉子"精神；坚持勤俭节约、艰苦奋斗的优良作风。毛泽东为其题词："向雷锋同志学习。"

《人民的好公仆——县委书记的好榜样焦裕禄》

焦裕禄，被誉为县委书记的好榜样。他用自己的革命精神，展开了与大自然、与社会落后现象、与病魔的多重抗争，让我们领略到一

—著名植物学家蔡希陶

热爱自然的大地之子

个共产党人的生之伟大、死之壮美的人格品质和具有现实教育意义的精神魅力。

《文学巨匠 京味大师——人民作家老舍》

老舍是我国现代小说家、文学家、戏剧家。他用融入骨髓的真诚文字反映生活的喜怒哀乐。老舍的一生，总是在忘我地工作，他是文艺界当之无愧的"劳动模范"，生前被北京市人民政府授予"人民艺术家"的称号。

《革命老人——无产阶级教育家徐特立》

徐特立是一代伟人毛泽东的老师。他出生在贫苦家庭，大部分时间生活在动荡艰苦的年代；他刻苦勤奋，不畏艰辛，追求光明，一生勤俭，为革命培养了大量的人才；他对党和人民任劳任怨，鞠躬尽瘁。他坎坷奋斗的一生，留下了许多可歌可泣的故事。

《人生能有几回搏——新中国第一个世界冠军容国团》

容国团先后担任中国乒乓球队运动员、女队主教练。获得1959年男子单打世界冠军；1961年夺得男子团体世界冠军；作为中国女队主教练，1965年率女队第一次夺得女子团体世界冠军。他的"人生能有几回搏"的豪言，举国传诵。

《石油工人一声吼 地球也要抖三抖——铁人王进喜》

王进喜，新中国第一批石油钻探工人。他为祖国石油工业的发展和社会主义建设立下了不朽的功勋，在创造了巨大物质财富的同时，还给我们留下了宝贵的精神财富——铁人精神。他被评为"百年中国十大人物"，写入中华民族的光辉史册。

《做人民需要我做的事——著名地质学家李四光》

李四光是一位伟大的科学家，他一生从事地质学研究工作，足迹遍布祖国的山川，为祖国探明了许多地下宝藏；他创建了崭新的学说——地质力学；他历尽重重困难，为正确认识地质构造开辟了一条新路。

《中国化学工业的先驱——著名化学家侯德榜》

为摆脱纯碱需要进口的窘况，20世纪初，怀着"实业救国"梦想的中国化工先驱侯德榜等人创办了永利碱厂，并立志生产出中国人自己的碱。1926年，永利碱厂终于成功地生产出"红三角"牌纯碱，从此中国制碱业得以跨入世界先进行列。

《毕生求是　一丝不苟——著名科学家竺可桢》

著名科学家竺可桢献身科学研究；治学严谨，一丝不苟；一生廉洁，两袖清风；作风民主，爱护学生。他以爱国之心、报国之志，从一个民主主义者逐渐成长为一个共产主义战士。

《热爱自然的大地之子——著名植物学家蔡希陶》

蔡希陶，五十载风雨，五十载坎坷，五十载奋斗，五十载开拓，为了发现对人类生产、生活有用的植物及新物种的引进而做出巨大贡献，在中国的植物资源学史上将永远镌刻着他的名字。

《高洁无私的襟怀——知识分子的楷模蒋筑英》

蒋筑英是中国当代知识分子的先锋典范，他不为名，不为利，尊重科学；他以坚忍的毅力和顽强的作风，在科学的道路上呕心沥血，鞠躬尽瘁，无私地奉献了青春和生命。

《迎接新生命的天使——卓越的妇产科专家林巧稚》

林巧稚是国内外享有盛誉的妇产科专家。在五十多年的医学教育和临床实践中，林巧稚亲自接生了五万多婴儿，治愈了数千病人，培养了数以百计的专门人才，为我国的妇女儿童事业做出了不可磨灭的贡献。

《独自成千古　悠然寄一丘——国画大师张大千》

张大千是20世纪中国画坛最具传奇色彩的国画大师，无论是绘画、书法、篆刻、诗词无所不通。在艺术界深得敬仰和追捧，艺术家们用真挚的感情，用绘画和雕塑展现了"张大千"多彩的艺术形象。

《建造中国的通天塔——著名数学家华罗庚》

中国当代著名数学家华罗庚，为中国数学的发展做出了无与伦比的贡献，他是中国解析数论、典型群、矩阵几何等多方面研究的创始人与开拓者，也是我国最早将数学理论研究与生产实践紧密结合的科学家。

《问鼎长天　强我国威——两弹元勋邓稼先》

邓稼先是我国著名科学家，参加组织和领导我国核武器的研究、设计工作，从对原子弹、氢弹原理的突破和试验成功及其武器化，到新的核武器的重大原理突破和研制试验，作出了重大贡献。是我国核武器理论研究工作的奠基者之一，被誉为"两弹元勋"。

《敢叫天堑变通途——桥梁专家茅以升》

中国著名的桥梁专家茅以升从小立志为祖国建造桥梁，经过不懈努力，他不仅设计建造了一座座宏伟壮观、坚固实用的道路桥梁，而且搭建了一座座友谊之桥，为祖国建设作出了卓越贡献。

《蘑菇云之梦——核物理学家钱三强》

被誉为"中国原子弹之父"的核物理学家钱三强，更名后立志于科技报国；24岁投师于世界著名核物理学家居里夫妇；与夫人何泽慧合作，发现铀的"三分裂""四分裂"现象；统领我国的原子大军，做了大量创造性工作。

《两离桑梓地　满怀雪域情——领导干部的楷模孔繁森》

孔繁森，是一位一尘不染、两袖清风的好干部。两次进藏工作，历时十载，为西藏的建设、发展和稳定作出了突出的贡献。1994年11月，孔繁森不幸以身殉职。人民群众称他为新时期领导干部的楷模。

《摘取数学皇冠上的明珠——著名数学家陈景润》

陈景润是享誉世界的数学家，为了证明"哥德巴赫猜想"，他以惊人的毅力在数学领域里艰苦跋涉，终于攻克了世界著名数学难题"哥德巴赫猜想"中的"1＋2"，创造了中国乃至世界数学史上的辉煌。

《学术独步　饮誉四海——享有国际威望的科学家卢嘉锡》

卢嘉锡是一位在国际科学界享有崇高威望的物理化学家、化学教育家和科技组织领导者。1945年，卢嘉锡满怀"科学救国"的热忱回到祖国，对中国原子簇化学的发展起了重要推动作用，他所指导的新技术晶体材料科学研究，也取得了重大成绩。

《德艺双馨　梨园楷模——著名豫剧表演艺术家常香玉》

常香玉1941年赴陕甘演出。1948年在西安创办香玉剧社。1951年为支援抗美援朝，率剧社巡回西北、中南、华南各地演出，以演出收入捐献"香玉剧社号"战斗机一架，素有"爱国艺人"之誉。

《文学大师　激流勇进——著名作家巴金》

本书以巴金生平和主要事迹为线索，回顾和展示现代著名作家巴金的一生，以期让人们看到巴金在这风云变幻的100多年中，有过成功的欢欣，有过屈辱的磨难，有过痛苦的忏悔，有过平静的安宁。巴金的人生，映照着一代中国五四知识分子坎坷而不平凡的命运。

《壮心系科学　孜孜为国昌——理论化学家唐敖庆》

本书讲述了唐敖庆从出国求学、学业有成、回国任教，到服从安排、艰苦工作、刻苦钻研，最终成为中国量子化学奠基者的过程。让人们看到了这位著名化学家的赤心爱国、严谨治学、大公无私的崇高品格和科研上的卓越成就。

《中国导弹之父——著名科学家钱学森》

当第一颗原子弹升空的时候，当中国的人造卫星奏响《东方红》的时候，当中国运载火箭腾空而起的时候，当中国研制的导弹准确命中目标的时候，人们都会想起他的名字：中国导弹之父钱学森。

《中国近代力学的奠基人——著名科学家钱伟长》

钱伟长曾以中文和历史两个100分的成绩考入清华大学。九一八事变后，钱伟长毅然放弃了文科的学习而转为理科。他是中国近代力学、应用数学的奠基人之一，在固体力学、流体力学以及航空航天领域，取

热爱自然的大地之子

得了卓越的成就，为新中国的现代化建设付出了毕生的精力。

《中国光学科学的奠基人——著名科学家王大珩》

王大珩是我国著名的科学家，中国光学科学的奠基人。他先在清华就读，后赴英国求学，学业有成，立志科学救国，其成就享誉神州。他以科学的求是精神和赤诚的爱国情怀，探索着中国光学发展的闪光之路。